書下ろし

冬《ふゆ》椋《むく》鳥《どり》

素浪人稼業⑮

藤井邦夫

祥伝社文庫

目次

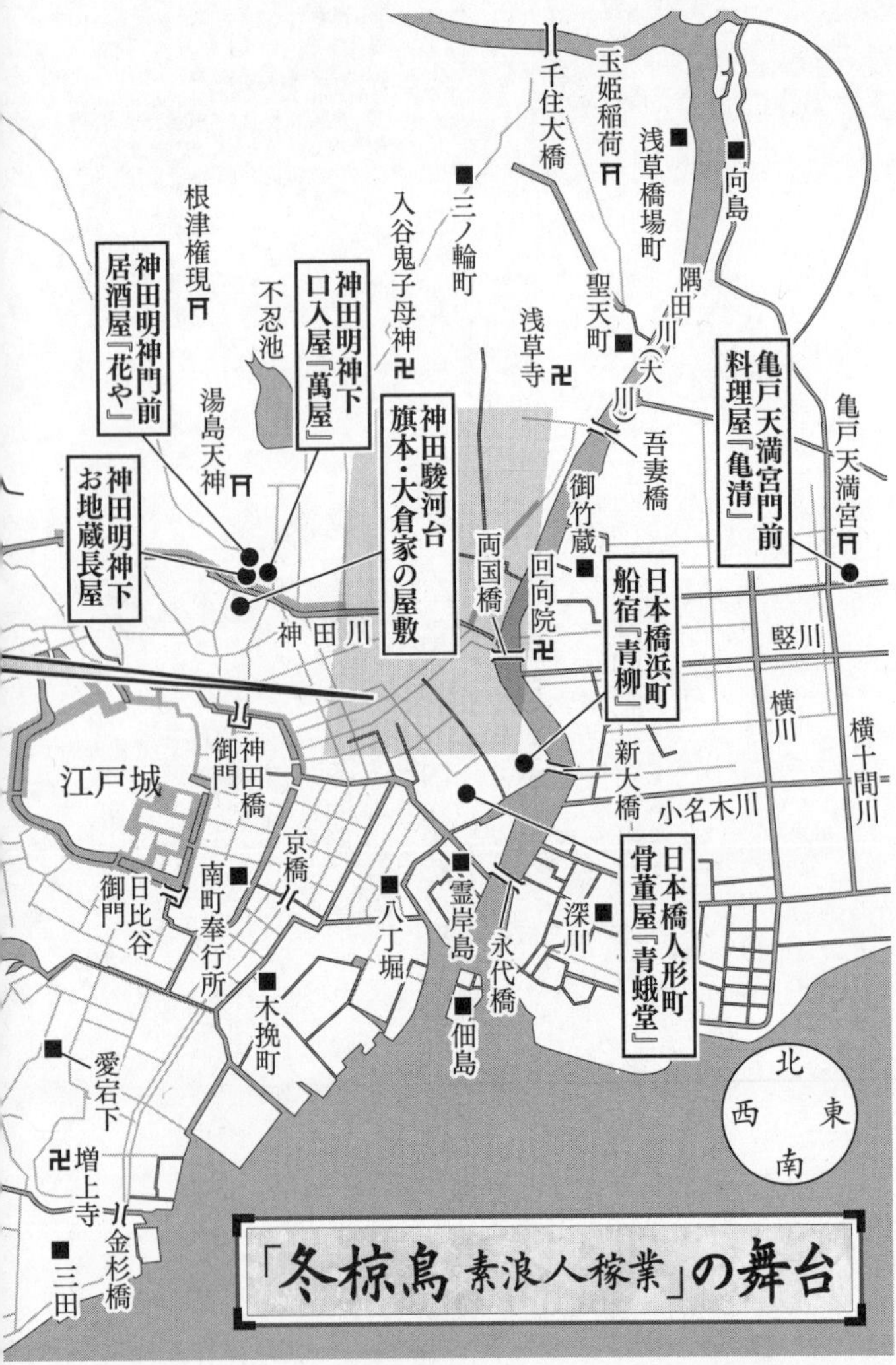

「冬椋鳥 素浪人稼業」の舞台

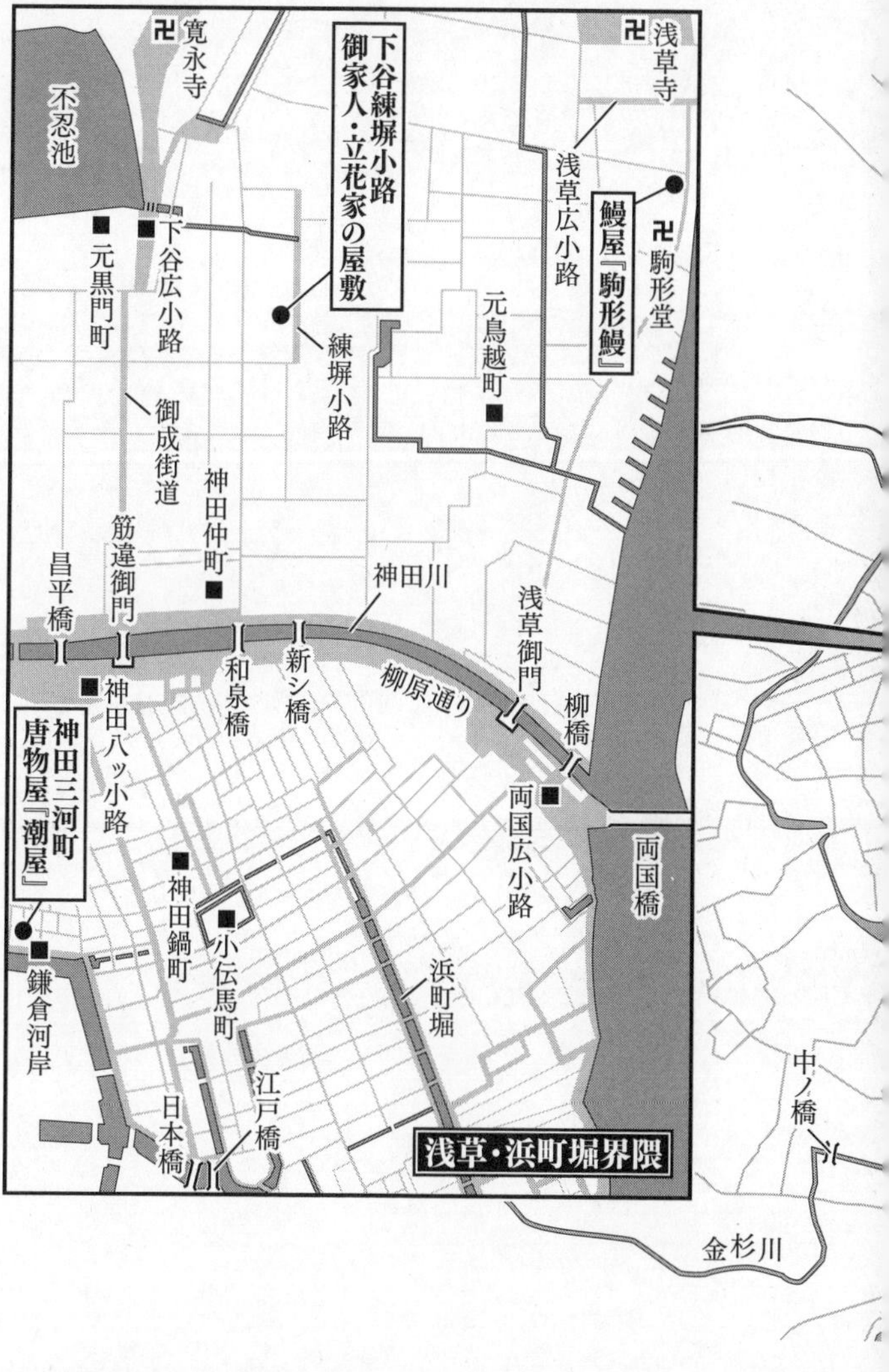
浅草・浜町堀界隈
下谷練塀小路
御家人・立花家の屋敷
寛永寺
不忍池
浅草寺
浅草広小路
鰻屋『駒形鰻』
駒形堂
下谷広小路
元黒門町
練塀小路
元鳥越町
御成街道
神田仲町
筋違御門
昌平橋
神田川
浅草御門
柳原通り
柳橋
和泉橋
新シ橋
神田八ッ小路
神田三河町
唐物屋『潮屋』
両国広小路
両国橋
神田鍋町
小伝馬町
浜町堀
鎌倉河岸
江戸橋
日本橋
中ノ橋
金杉川

第一話　冬椋鳥《ふゆむくどり》

一

地蔵尊《じぞうそん》の頭は、朝陽《あさひ》を浴《あ》びて光り輝いていた。

お地蔵長屋の住人たちは、木戸の傍《そば》の地蔵尊に手を合わせて一日の無事を願い、その頭をさっと一撫《な》でして仕事に出掛けて行った。そして、おかみさんたちが井戸端で賑《にぎ》やかに洗濯を始めた。

奥の家の腰高障子《こしだかしょうじ》が勢い良く開き、矢吹平八郎《やぶきへいはちろう》が刀を腰に差しながら飛び出して来た。

「あら、ま、平八郎の旦那《だんな》、今日も寝坊《ねぼう》かい」

赤ん坊を負《お》ぶった中年のおかみさんが、洗濯物を絞《しぼ》りながら笑った。

「見ての通りだ」

平八郎は怒鳴《どな》った。

「はいよ」

中年のおかみさんは、絞った布を平八郎に投げ渡した。

「すまん……」

平八郎は、絞った布で顔や首を慌《あわ》ただしく拭《ふ》いた。

「忝《かたじけな》い」

平八郎は、顔や首を拭いた布を中年のおかみさんに投げ返し、木戸の地蔵尊に手を合わせて駆け出して行った。

「毎朝毎朝、懲《こ》りない旦那だよ」

中年のおかみさんは、笑いながら投げ返された布を洗い直した。

投げ返された布は、赤ん坊の襁褓《おしめ》だった。


神田明神《かんだみようじん》下の口入屋《くちいれ》『萬屋《よろずや》』は、既に日雇《ひやと》い仕事の周旋《しゆうせん》も終わり、閑散《かんさん》としていた。

「間に合わなかったか……」

平八郎は、店の表に立ち止《ど ま》り、乱れた息を整《ととの》えながら『萬屋』の店内を窺《うかが》った。

薄暗い店内の帳場には、主の万吉《まんきち》が狸《たぬき》の置物のように鎮座して手招きをしていた。

俺か……。

平八郎は、己の周囲を見廻した。

誰もいない……。

平八郎は、万吉を見直した。

万吉は、狸面で尤《もっと》もらしく頷《うなず》いた。

そうか、俺か……。

平八郎は、戸惑いながら口入屋『萬屋』に入った。

「やあ、親父。今日も良い天気だな……」

帳場の万吉の傍では、質素な身形《みなり》の十二、三歳の娘が茶を淹《い》れていた。

平八郎は、十二、三歳の娘を一瞥《いちべつ》した。

娘は、框《かまち》に腰掛けた平八郎に会釈《えしゃく》をし、茶を差し出した。

「どうぞ……」

「うん。ありがとう。で、仕事、何かあるのか……」

平八郎は娘に礼を云《い》い、万吉に尋《たず》ねた。

「そりゃあもう、平八郎さんの為に取ってありますよ」

万吉は、相好《そうごう》を崩《くず》した。だが、その狸のような小さな丸い眼は笑っていなかった。

「ほう。そいつはありがたい。で、どんな仕事かな」

「いえ。どうって仕事じゃありませんよ」

「本当か……」

万吉が軽く云う仕事は、命懸けになるものが多い。

平八郎は疑《うたぐ》った。

「それで平八郎さん、ここ何年か、秋になると、日雇い仕事をしにうちに来ていた喜助《きすけ》さん、覚えていますか……」

万吉は、平八郎の疑いを無視した。

「喜助さん……」

平八郎は眉《まゆ》をひそめた。

「ええ……」

万吉は頷いた。

「喜助さんって、毎年、常陸《ひたち》の土浦《つちうら》から出稼《でかせ》ぎに来ていた喜助さんか……」

喜助は、渡り鳥のように秋に出稼ぎに来て春に故郷に帰っていた。

「ええ。覚えていますか……」

「ああ。痩《や》せて小柄だが、真面目《まじめ》に良く働く人でな、組仕事の時は良く相棒になったものだ。そう云えば、去年の秋は来なかったな」

平八郎は、懐《なつ》かしそうに茶をすすった。

「ええ……」

万吉は頷いた。

娘は、真剣な面持《おもも》ちで平八郎の話を聞いていた。

「で、その喜助さんがどうかしたのか……」

平八郎は、冷えた茶を飲んだ。

「はい。捜《さが》して欲しいのです」

「捜す……」

平八郎は戸惑った。

「はい……」

「捜すって、喜助さんは去年の春、出稼ぎで稼いだ金を持って故郷に帰ったぞ」

平八郎は、喜助が帰る前に居酒屋『花《はな》や』で別れの酒を飲んだのを思い出した。

「そいつが、ずっと常陸の土浦には帰っていないんですよ」

万吉は眉をひそめた。

「ずっと帰っていない……」

平八郎は驚いた。

「はい。それで、娘のおふみちゃんが、土浦から捜しに来たのですよ」

万吉は、傍《かたわ》らにいる質素な身形の十二、三歳の娘を示した。

「ふみです」
十二、三歳の娘は、平八郎に頭を下げた。
「ほう。喜助さんの娘のおふみちゃんか……」

平八郎は、おふみを見詰《みつ》めた。

「はい……」

おふみは、何処《どこ》となく父親の喜助に似ており、賢《かしこ》そうな眼をしている。

江戸に出稼ぎに来た父親の喜助は、主に口入屋『萬屋』の仕事をしていた。

おふみは、父親喜助から聞いた話を思い出し、神田明神下の口入屋『萬屋』を探して来たのだ。

「じゃあ、おふみちゃん。喜助さんは一昨年《おととし》の秋、土浦から江戸に出稼ぎに来たまま、帰っていないのか……」

平八郎は訊《き》いた。

「はい……」

おふみは頷いた。

「そうか……」

「如何《いかが》ですか、喜助さん、捜して貰《もら》えますね」

「そりゃあ、他ならぬ喜助さんの事だ。捜さぬとは云わぬが……」

平八郎は、微《かす》かな困惑を浮かべた。

「捜す軍資金ですか……」

万吉は苦笑した。

「う、うむ。知っての通りの懐《ふところ》工合《ぐあい》でな。動きがとれぬ」

「分りました。取《と》り敢《あ》えず此《これ》を……」

万吉は、平八郎に一朱銀《いっしゅ》を一つ渡した。

「そうか。よし、ならば捜してみよう」

平八郎は、渡された一朱銀を握《にぎ》り締《し》めた。

「おふみちゃん、平八郎さんが捜してくれるそうだよ」

「宜《よろ》しくお願いします」

　おふみは、平八郎に深々と頭を下げた。

「おふみちゃん、俺が捜すからと云って、必ず見つかる訳ではない。その辺は覚悟をしておくんだよ」

　喜助は、出稼ぎで稼いだ金を持って常陸土浦に帰る途中、辻《つじ》強盗か追い剝《は》ぎに遭って思わぬ事態に陥《おちい》ったのかもしれない。

　何《いず》れにしろ、喜助がおふみたち家族の待つ家に帰れなくなった理由は厳しい筈《はず》だ。

　平八郎は、おふみにそれとなく万一の事があるのを云い聞かせた。

「はい……」

　おふみは、平八郎を見詰めて頷いた。

「うむ。で、おふみちゃん、家族は……」

「おっ母《か》ちゃんと妹と弟がいます」

「そうか。五人家族か……」

「はい。それで、今年になってから、おっ母ちゃんの具合が悪くなって……」

　おふみは、淋《さび》しげに項垂《うなだ》れた。

「病か……」

「それで、喜助さんを捜しに来たのか……」

「はい。心の臓が……」

「はい」

おふみは、平八郎を縋《すが》るように見詰めながら頷いた。

「よし。良く分かった」

平八郎は、框から立ち上がって刀を腰に差した。

浅草駒形堂《あさくさこまがたどう》は、浅草寺造営《せんそうじ》の時に建てられた馬頭観音《ばとうかんのん》を祀《まつ》った御堂だ。

老舗鰻屋《しにせうなぎや》『駒形鰻《こまがたうなぎ》』は、未《ま》だ暖簾《のれん》を出していなかった。

「邪魔をする」

平八郎は、『駒形鰻』の暖簾を潜《くぐ》った。

店内には鰻の蒲焼《かばやき》の匂いが満ちていた。

「お客さま、店は未だ、あっ、平八郎さま」

断りに出て来た小女のおかよが、客が平八郎だと気が付いて笑った。

「やあ、おかよちゃん、若旦那、いるかな」

「はい。長次《ちょうじ》さんと亀吉《かめきち》さんも来ていますよ。どうぞ……」

「そうか、じゃあ邪魔する……」

平八郎は、腰から抜いた刀を提《さ》げて店の奥に向かった。

女将《おかみ》のおとよは、留守なのか店に出て来なかった。

鰻丼《うなどん》は望み薄だ……。

平八郎は僅《わず》かに肩を落とし、店の奥の『駒形堂』の若旦那で岡っ引の伊佐吉《いさきち》の部屋に向かった。

岡っ引の駒形の伊佐吉は、下っ引の亀吉や長次と共に平八郎の話を聞き終えた。

「行方《ゆくえ》知れずの椋鳥《むくどり》か……」

伊佐吉は眉《まゆ》をひそめた。

〝椋鳥〟とは、田舎《いなか》から都に上《のぼ》って来る者を指した言葉だ。

「うん……」

「どうしたら良いかな、長さん……」

伊佐吉は、老練な長次に訊いた。

「そうですね。先《ま》ずは去年の春。下谷《したや》から谷中《やなか》に掛けて物盗りや追い剝ぎ、辻強盗が現われなかったかですね」

喜助は江戸にいる間、口入屋『萬屋』主の万吉の口利きで湯島天神切通町《ゆしまてんじんきりとおしちょう》の古長屋で暮らしていた。そこから、常陸国土浦に帰るとなると、下谷から谷中を通り、千住《せんじゅ》の宿に出て水戸《みと》街道を行くのが普通だ。

長次は、先ずは下谷から谷中に掛けてを吟味《ぎんみ》すべきだと云った。

「下谷から谷中となると……」

「ええ。先ずは元黒門町《もとくろもんちょう》の彦造《ひこぞう》親分に訊いてみるのが一番ですか……」

長次は、下谷の岡っ引元黒門町の彦造の許《もと》に行くべきだと告《つ》げた。

「よし。じゃあ長さん、平八郎の旦那のお供をしてくれるかな」

伊佐吉は頼んだ。

「承知しました」

長次は頷いた。

「そいつは大助かりだ。宜しくお願いします」

平八郎は、長次に深々と頭を下げた。

蒲焼の匂いが微かに漂《ただよ》って来た。

平八郎の腹の虫が眼を覚まし、盛大に鳴いた。

下谷広小路《ひろこうじ》は賑わっていた。

平八郎と長次は、元黒門町の裏通りにある岡っ引の彦造の家を訪れた。

元黒門町の彦造は、平八郎と長次を居間に招き、長火鉢の前に座った。その背後には縁起棚《えんぎだな》があり、三方《さんぼう》に載せられた十手《じって》があった。

「で、長次、此方《こちら》の浪人さんは……」

彦造は、白髪《しらが》頭を長次に向けた。

「彦造の親分、此方はうちの親分と昵懇《じっこん》の仲で、時々お上の御用の助っ人をお願いしている矢吹の旦那です」

長次は、彦造に平八郎を引き合わせた。

「それはそれは、彦造です」

彦造は、平八郎に白髪頭を下げた。

「矢吹平八郎です」

平八郎は名乗った。

「で、御用とは……」

「それなのだが親分、去年の春、下谷から千住の宿迄《まで》の間で出稼ぎの中年男が、物盗りや追い剥ぎに遭った事件はなかったかな」

「去年の春、出稼ぎの中年男ですか……」

彦造は白髪眉をひそめた。

「うむ……」

「物盗りや辻強盗は出ましたが、出稼ぎの椋鳥が襲われたって話はねえ……」

彦造は首を捻《ひね》った。

「聞いた覚えはないか……」

平八郎は肩を落とした。

「ええ。出稼ぎの椋鳥が、襲って奪う程の金を持っているとは思えませんからね」

彦造は苦笑した。

「そうか。そうだよなあ……」

平八郎は、彦造の睨《にら》みに思わず感心した。

彦造は戸惑った。

長次は苦笑した。

「旦那、その出稼ぎの椋鳥とどんな……」

彦造は、平八郎と出稼ぎの中年男の拘《かか》わりを尋ねた。

「日雇い仲間でね。そいつが去年の春、出稼ぎを終えて土浦に帰った筈《はず》なのだが、行方知れずになってな。十二、三の娘が田舎から捜しに来たので、何とかしてやりたくて……」

「そうでしたかい……」

彦造は、老顔を綻《ほころ》ばせた。

「じゃあ、親分……」

長次は、彦造に笑い掛けた。

「ああ。矢吹の旦那、襲われた者のみんながお上に届け出ている訳でもありません。あっしたちの知らない事件もあるかと……」

彦造は告げた。

「うむ。そうなると手も足も出ないか……」

平八郎は眉をひそめた。

「ま、そうなりますが、町方《まちかた》の者なら知っているかもしれません」

「町の人か……」

「矢吹の旦那、ちょいと手先の者たちを走らせてみます。明日、又《また》来て戴《いただ》けますか……」

彦造は告げた。

「ありがたい。そうして貰えるか。此《こ》の通りだ」

平八郎は、彦造に深々と頭を下げた。

平八郎と長次は、彦造の家を出て下谷広小路に戻った。

下谷広小路は相変《あいか》わらず賑わっていた。

「さあて、どうします」

「彦造親分に頼んだからと云って、何もしない訳にはいきません。ちょいと千住迄、歩いてみます」

下谷広小路から東叡山寛永寺《とうえいざんかんえいじ》の東、山下《やました》を抜けて下谷坂本町《さかもとちょう》、金杉町《かなすぎちょう》、三ノ輪町《みのわまち》、通新町《とおりしんまち》と続く奥州《おうしゅう》街道裏道を行くと隅田川《すみだがわ》に出る。そして、隅田川沿《ぞ》いを東に進むと小塚原町《こづかっぱらちょう》になり、千住大橋がある。その隅田川に架《か》かる千住大橋を渡ると、千住の宿だ。

「分かりました。お供しますよ」

「そうですか。じゃあ……」

平八郎と長次は、下谷広小路の雑踏《ざっとう》を山下に向かった。

奥州街道裏道には旅人が往《い》き来《き》していた。

平八郎は、長次と共に辺りを見廻しながら進んだ。

去年の春、喜助は出稼ぎで稼いだ金を懐に入れ、菅笠《すげがさ》を被《かぶ》って常陸国土浦に向かった。そして、何処かで何かが起こり、家族の待っている土浦に帰る事が出来なくなった。

何処で何が起こったのか……。

平八郎は千住の宿に向かった。

千住宿からは、日光《にっこう》街道に続く奥州街道と水戸街道の二つの街道が発している。

常陸国土浦は、千住宿から水戸街道を十六里（約六四キロメートル）程行った処《ところ》にある。

喜助の身に何かあったとしたら、千住から土浦迄の十六里程の間なのかもしれない。もし、そうだとすると平八郎には手も足も出ない。

取り敢えずは、湯島天神切通町から千住の宿迄だ。

平八郎はそう決め、下谷坂本町を金杉町に進んだ。

行き交《か》う人々の中には、多くの旅人がいた。

旅立つ者の着物は真新しく、足取りは軽かった。そして、到着した者の着物は土埃《つちぼこり》に塗《まみ》れ、足取りは重かった。

「平八郎さん……」

長次は、やって来る男の旅人を示した。

男の旅人は菅笠を被り、大きな風呂敷包みを背負《せお》っていた。

「どうかしましたか……」

平八郎は、菅笠を被った男の旅人を窺った。

「足が縺《もつ》れていています。かなり疲れているようですよ」

長次は眉をひそめた。

「うん……」

平八郎は頷いた。

刹那《せつな》、菅笠を被った男の旅人は激しくよろめき、倒れ込んだ。

行き合わせた女が悲鳴をあげた。

平八郎と長次は、倒れた菅笠を被った男の旅人の許に走った。

倒れた旅人は、息を荒く鳴らしていた。

「おい。大丈夫か……」

平八郎は、旅人の大きな風呂敷包みを外して抱き起こした。

「へ、へい……」

旅人は苦しく答えた。

長次は、旅人の額《ひたい》に手を当てた。

「熱がありますぜ……」

「医者に診《み》せた方がいいですね」

「ええ……」

「おう。どうしたい」

木戸番がやって来た。

「医者は何処だい……」

長次は、木戸番に懐の十手を見せた。

「こりゃあ親分さん、こっちです」

「よし。医者に行くぞ」

平八郎は、旅人を背負った。

「す、済みません……」

旅人は詫《わ》びた。

「なあに気にするな」

平八郎は旅人を背負い、木戸番に案内されて医者に急いだ。

長次は、大きな風呂敷包みを持って続いた。


旅人は、長い道中の疲れの上に風邪をひいていた。

「ま、大した事がなくて何よりだ」

平八郎は喜んだ。

「へい。お陰様《かげさま》で、ありがとうございます」

旅人は、平八郎と長次に深々と頭を下げて礼を述《の》べた。

ひょっとしたら、喜助も病に罹《かか》ったのかもしれない。

「先生、去年の春、故郷に帰る途中の出稼ぎの中年男が担《かつ》ぎ込まれて来なかったか……」

平八郎は医者に尋ねた。

「えっ……」

「去年の春だ。喜助さんって土浦に帰る出稼ぎの人なんだがな」

「さあ……」

医者は、戸惑った面持ちで首を捻った。

「そうか……」

平八郎は落胆《らくたん》した。

二

去年の春、医者は喜助らしい出稼ぎ人の診察をした覚えはなかった。

平八郎は、長次と共に再び千住の宿に向かった。

「喜助さん、身体の具合、良くなかったのですか……」

長次は眉をひそめた。

「いや。別に持病があるとは聞いていないし、酒も普通に飲んでいました」

「そうですか……」

「ええ。ま、これから旅立とうって者が疲れ果てて倒れるなんて、ありませんね」

平八郎は苦笑した。

「まあね。ですが、怪我《けが》をするって事もありますし……」

「そうか、怪我もあるか……」

喜助は、病ではなく怪我をして、土浦に帰るのを諦《あきら》めたのかもしれない。

平八郎は、想いを巡らせながら金杉町から三ノ輪町に進んだ。

「泥棒《どろぼう》、泥棒だ……」

三ノ輪町を過ぎた時、行く手から男の叫び声があがった。

平八郎と長次は緊張した。

「退《ど》け、退け……」

派手な半纏《はんてん》を着た若い男が、風呂敷包みを持って猛然と走って来た。

行き合わせた人々が慌てて散った。

平八郎は立ちはだかった。

「退け……」

若い男が、立ちはだかる平八郎を蹴散《けち》らそうと突っ込んだ。

刹那、平八郎は身体を開いて足を飛ばした。

若い男は足を取られ、大きく宙に飛んで顔から倒れ込んだ。

平八郎は、倒れた派手な半纏を着た男を素早く押さえた。

「離せ、馬鹿野郎」

若い男は暴れた。

「静かにしろ」

平八郎は、若い男の頬《ほお》を張り飛ばした。

初老の旦那と手代が、息を鳴らして駆け付けて来た。

「盗まれたのは、此《これ》ですか……」

長次は、風呂敷包みを拾《ひろ》って初老の旦那と手代に見せた。

「は、はい……」

初老の旦那は頷いた。

長次は、風呂敷包みを手代に渡した。

「ありがとうございます」

「助かりました」

初老の旦那と手代は、平八郎と長次に頭を下げて礼を述べた。

平八郎と長次は、駆け付けて来た自身番の者たちに派手な半纏を着た若い男を引き渡し、通新町を進んだ。

喜助も稼いだ金を泥棒に盗まれ、土浦に帰るに帰れなくなったのかもしれない。

「でも、もしそうだったら自身番に訴え出るだろうし、萬屋の万吉さんの処に戻るんじゃありませんかね」

長次は読んだ。

「そうか。そうですねえ」

平八郎は頷いた。

何かがあれば、喜助は万吉の処に戻った筈だ。だが、喜助は戻らなかった。稼いだ金を盗まれただけではなく、何かそれ以上の事が喜助の身に起こったのかもしれない。

隅田川は滔々《とうとう》と流れていた。

平八郎と長次は、隅田川沿いの道を小塚原町に進んだ。

行く手の隅田川には、〝隅田川五橋〟で最も古い千住大橋が架かっている。

千住大橋を渡れば千住宿であり、水戸街道がある。

平八郎と長次は、千住大橋の袂《たもと》に佇《たたず》み、隅田川の向こうに見える千住宿を眺めた。

喜助に拘わる事は、何一つ分からなかった。

旅人が事件に巻き込まれたり、病を患《わずら》ったり、怪我をする事は幾らでもあり得《う》る。だが、喜助が病を患ったり、怪我をしたなら口入屋『萬屋』の万吉に何らかの報《しら》せがあっても良い筈だ。

報せがないのは、その気がないのか、出来ないのか……。

平八郎は想いを巡らせた。

喜助の身に何が起こったのか……。

何《いず》れにしろ去年の春、一年以上も前の事だ。

容易に分る筈はない。

「さあて、どうします」

長次は、平八郎の出方を窺った。

「ま、元黒門町の彦造親分たちの調べを待つしかありませんかね」

「ええ……」

長次は頷いた。

陽は隅田川の上流の空に沈み始めた。


夕暮れ時。

神田明神門前《もんぜん》の盛り場は賑わい始めていた。

居酒屋『花や』は暖簾を掲《かか》げ、軒行燈《のきあんどん》を灯《とも》していた。

平八郎と長次は、居酒屋『花や』の暖簾を潜った。

「いらっしゃい」

女将のおりんが、平八郎と長次を迎えた。

「おう。酒を頼む」

平八郎は、おりんに注文して店内の隅《すみ》に座った。

疎《まば》らな客の向こうの板場に、おふみの姿が僅かに見えた。

「えっ……」

平八郎は戸惑い、板場に向かった。

「あら、どうしたの……」

酒の燗《かん》をつけていたおりんは、板場に入って来た平八郎に眉をひそめた。

「う、うん……」

平八郎は、板場におふみを捜した。

板場では、主で板前の貞吉《さだきち》が魚を下ろしていた。

「なんだい、平八郎さん」

貞吉は、包丁を使いながら平八郎を一瞥した。

「えっ。今、此処におふみちゃんが……」

「ああ。おふみちゃんなら、井戸端で洗い物をしているよ」

「洗い物……」

平八郎は、裏口から外の井戸端を覗《のぞ》いた。

井戸端では、おふみが皿や丼《どんぶり》を洗っていた。

「萬屋の万吉っつあんに働かせてやってくれと頼まれてね」

貞吉は告げた。

「万吉の親父が……」

「ええ。おふみちゃん、お父《と》っつあんを捜すのにお金がいるからって……」

おりんは、燗のついた徳利《とっくり》を盆に載せていた。

「そうか……」

平八郎は、井戸端で洗い物をしているおふみを見詰めた。

おふみは、平八郎に気付かず、皿や丼などの洗い物を続けていた。

「喜助さん、どうしたのかな……」

貞吉とおりんは、平八郎と一緒に『花や』に来た事のある喜助の行方知れずを、万吉から聞いていた。

「ええ……」

「で、何か分かったの……」

「未だ何も……」

「そう。無事でいると良いのだけど……」

おりんは眉をひそめた。

「どうしました、平八郎さん……」

長次が、板場の入口にいた。

「長次さん、あの娘が喜助さんの娘のおふみちゃんです」

平八郎は、長次に井戸端のおふみを示した。

「ほう、おふみちゃんですか……」

「ええ……」

平八郎は、健気《けなげ》に働くおふみを見守った。

おふみと家族の為、必ず喜助を捜し出す。

平八郎は決めた。


翌日、平八郎は長次と一緒に下谷元黒門町の岡っ引、彦造の家を訪れた。

「やあ。待っていたよ」

彦造は、平八郎と長次を居間に通した。

「親分、何か分かりましたか……」

長次は尋ねた。

「ああ。去年の春、小塚原で馬が暴れて走り出し、怪我人が何人か出たそうでね。その怪我人の中に名前や身許が分からない旅の中年男がいたって話だぜ」

彦造は、名前や身許の分からない旅の中年男を、捜している相手ではないかと睨んでいた。

「平八郎さん……」

「はい。彦造親分の睨み通りかもしれません」

平八郎は顔を輝かせた。

「うん。仔細《しさい》は小塚原の自身番で訊くんだね」

彦造は、平八郎と長次が次にすべき事を告げた。

「はい。直《す》ぐに行ってみます」

平八郎は頷いた。

「その旅の中年男が、捜しに来た娘のお父っつあんだと良いんだが……」

彦造は微笑《ほほえ》んだ。

「ええ。助かりました」

平八郎は彦造に礼を云い、長次と共に小塚原町に向かった。


「それにしても平八郎さん、旅の中年男が喜助さんなら、どうして名前や身許が分からなかったんですかね」

長次は首を捻った。

「ええ。そこが気になりますね」

平八郎は頷いた。

隅田川の流れが見えた。

平八郎と長次は、小塚原町の自身番に急いだ。


小塚原町の自身番は、千住大橋の袂近くにあった。

平八郎と長次は、自身番の店番に去年の春の暴れ馬の一件を尋ねた。

「ああ。馬が暴れて走り廻った件かい」

店番は、去年の春の暴れ馬の一件を覚えていた。

「ええ。その時の怪我人の中に旅の中年男がいたそうですね」

長次は訊いた。

「ああ。馬の暴走に巻き込まれそうになった小さな女の子を助けようとして、自分が巻き込まれましてね。気の毒に……」

「女の子を助けようとして……」

喜助らしい……。

平八郎は、旅の中年男の怪我の理由が喜助らしいと思った。

「ええ。それで直ぐに医者に担ぎ込みましてね。手足の骨も折れていなく、怪我は大した事がなかったんだが……」

店番は眉をひそめた。

「どうかしたんですか……」

「ええ。馬に頭を蹴られたようで、蹴られた処が悪かったのか、自分の名前や身許の何もかも忘れてしまってねえ」

「何もかも忘れてしまった……」

平八郎は驚いた。

「で、どうしました」

長次は尋ねた。

「菅笠に手甲脚絆《てっこうきゃはん》、懐にはそれなりの額のお金が入った巾着《きんちゃく》を持っていてね。江戸に出稼ぎに来て故郷に帰る処だと思ったんだが、何しろ自分の名前も覚えていないぐらいで、何処に帰る処だったのかもねえ」

「覚えていなかったのですか……」

「ええ……」

店番は頷いた。

「それで……」

長次は、話の先を促《うなが》した。

「一月程《ひとつき》、千住大橋の袂に立ち、自分を知っている者が通るのを待ったんだが……」

「知っている者は通らなかったか……」

「ええ……」

「して、その旅の中年男は……」

「それが、いつの間にか、いなくなってねえ」

店番は首を捻った。

「いなくなった……」

平八郎は眉をひそめた。

千住大橋を渡ると朱引《しゅびき》外であり、江戸町奉行の支配違いになる。

平八郎と長次は、千住大橋の袂に佇んで行き交う人々を眺めた。

喜助と思われる旅の中年男は、馬に頭を蹴られて自分の名前や身許を始めとした何もかもを忘れてしまった。

忘れた何もかもの中には、おふみを始めとした土浦の家族の事もあるのだ。

喜助は、千住大橋の袂に佇み、自分を知っている人を捜した。それは、捜すと云うより、見つけて貰う作業だった。だが、自分を知っている人は見つからず、いつの間にか小塚原の町からいなくなった。

「馬に頭を蹴られて名前も何も忘れちまうもんなんですかね」

長次は首を捻った。

「昔、崖《がけ》から落ちて頭を打ち、名前や何もかもを忘れたって人を見た事があります」

平八郎は告げた。

「その人、忘れた名前なんか、思い出したんですか……」

「さあ、そこ迄は……」

平八郎は眉をひそめた。

「そうですか……」

「喜助さん、此処《ここ》に佇んで自分を知っている人を捜したんですねえ」

平八郎は、千住大橋の袂に佇む喜助を思い浮かべた。

「ええ。それから何処に行ったのか……」

長次は、千住大橋を眺めた。

千住大橋は、行き交う人で賑わっていた。

幼い男の子が、千住大橋を駆け渡って来て転んで泣き出した。

母親が慌てて幼い男の子を抱き、慰《なぐさ》めながら立ち去って行った。

「長次さん、喜助さんが暴れ馬から助けたって子供、どうしたんですかね」

平八郎は気になった。

「小さな女の子だと云っていましたから、此の界隈《かいわい》にいるんでしょうけど。分かりました。もう一度、自身番に行ってみましょう」

長次は、自身番に向かった。

平八郎は続いた。


「ああ、あの女の子は、確か浅草は橋場《はしば》の方のお百姓の子供ですよ」

自身番の店番は、喜助が助けた幼い女の子の事を覚えていた。

「何てお百姓の子供ですか……」

「さあ、そこ迄は知らないけど、去年の春のあの時は、母親と二人で小塚原に来ていてね。歳は確か三歳ぐらいだったかな」

「でしたら、今は四歳ぐらいの女の子ですかい……」

「ああ。そうなるね」

店番は頷いた。

「平八郎さん……」

「ええ。浅草橋場の方のお百姓の子で、四歳程の女の子ですか……」

「行ってみますか……」

「ええ……」

平八郎と長次は、浅草橋場町に向かった。

千住大橋に来るのには、下谷の奥州街道裏道の他に浅草花川戸《はなかわど》から新鳥越町《しんとりごえちょう》や山谷町《さんやちょう》を抜けてくる奥州街道がある。

平八郎は、長次と共に月桂寺《げっけいじ》と山王社《さんのうしゃ》の間の田舎道を浅草橋場に向かった。

田舎道の左右には田畑の緑《みどり》が広がり、百姓家が点在していた。

平八郎と長次は、四歳程の女の子のいる百姓家を探した。

「ああ。確か此の先の百姓家に小さな女の子がいたと思うけど……」

塩入《しおいり》土手の傍の畑で仕事をしていた老百姓が、田舎道の先を眺めた。

平八郎は、長次と共に田舎道の先に進んだ。

やがて、木々に囲まれた百姓家が見えた。

平八郎と長次は急いだ。

百姓家の庭では、四歳程の女の子と二歳程の男の子が鶏《にわとり》を追い廻していた。

平八郎と長次は母屋《おもや》の縁側《えんがわ》に腰掛け、百姓夫婦と話をしていた。

「そうですか、去年の春の暴れ馬騒ぎの時、小塚原には行っていませんか……」

平八郎は、吐息を洩《も》らした。

「ええ。小塚原には時々行きますが、暴れ馬騒ぎの時は行っていませんでしたよ」

百姓の女房は、亭主の言葉に頷いた。

「じゃあ、お尋ねしますが、此の界隈に四歳程の女の子のいるお百姓、他にいますかね」

長次は訊いた。

「そうですねえ……」

「確か玉姫稲荷《たまひめいなり》の裏のお百姓の処に、うちの娘と同じぐらいの子がいたと思いますが……」

百姓の女房は告げた。

「玉姫稲荷の裏のお百姓ですか……」

長次は念を押した。

「はい……」

百姓の女房は頷いた。

「平八郎さん……」

「ええ、行ってみましょう」

平八郎と長次は、百姓夫婦に礼を述べて玉姫稲荷に急いだ。


玉姫稲荷は山谷浅草町の奥にあり、三方を田畑に囲まれていた。

平八郎と長次は、玉姫稲荷の裏手にある百姓家を訪れた。

百姓家には老夫婦と倅《せがれ》夫婦、そして三人の子供がいた。三人の子供の末っ子が四歳になる女の子だった。

平八郎と長次は、去年の春に小塚原町で起きた暴れ馬騒ぎを知っているか、倅夫婦に尋ねた。

「暴れ馬ですか……」

倅夫婦は眉をひそめた。

「ええ……」

平八郎は頷いた。

「そう云えば、そんな噂《うわさ》を聞いた覚えがありますが……」

「小塚原には行っていませんでしたか……」

「はい。なあ……」

「ええ……」

倅夫婦の女房は、四歳程の女の子を膝《ひざ》に抱きながら頷いた。

「そうですか……」

平八郎は肩を落とした。

「あの、その子と同じ年頃の女の子のいるお百姓、知りませんかね」

長次は、膝に女の子を抱いた女房に訊いた。

「さあ……」

女房は首を捻った。

喜助と思われる旅の中年男が、暴れ馬から助けた幼い女の子の居場所は分からなかった。

平八郎と長次は、夕陽に照らされた田舎道を戻り始めた。

三

亥《い》の刻四つ（午後十時）が過ぎ、各所の町木戸も閉められた。

神田明神門前町の盛り場は、賑わいの盛りも過ぎていた。

平八郎は、長次と浅草で晩飯を食べて別れ、居酒屋『花や』を訪れた。

居酒屋『花や』の表では、女将のおりんが暖簾を仕舞《しま》っていた。

「やあ……」

「あら、いらっしゃい……」

おりんは、平八郎を笑顔で迎えた。

「どうしている」

平八郎は『花や』の店内を示し、おふみの様子を訊いた。

「しっかりした働き者、それに賢い娘ですよ」

おりんは、おふみを誉《ほ》めた。

「へえ、おりんが誉めるとは珍しいな」

平八郎は笑った。

おりんは暖簾を仕舞い、腰高障子を閉めて心張棒《しんばりぼう》を掛けた。

おふみは、前掛で濡《ぬ》れた手を拭きながら板場から店に出て来た。

「やあ、おふみちゃん。達者《たっしゃ》でやっているか」

平八郎は微笑んだ。

「はい。旦那さんと女将さんが優しくしてくれますから……」

おふみは笑った。

「そいつは良かったな」

「矢吹さま、お父っつあんは……」

おふみは、心配げに眉をひそめた。

「うん。喜助さんらしい旅の中年男が漸《よう》く浮かんだ」

「本当ですか……」

おふみは、顔を輝かせた。

「うん……」

「良かったわね、おふみちゃん……」

おりんは喜んだ。

　おふみは、嬉しげに頷いた。

「おふみちゃん、おりん、喜助さんらしい人がいたってだけで、未だ見つかった訳じゃあない」

　平八郎は、おふみとおりんの喜びを慌てて抑えた。

「は、はい……」

「でも、平八郎さん、そのらしい人に逢《あ》えば、喜助さんかどうか、直ぐに分かるじゃありませんか……」

　おりんは眉をひそめた。

「その通りだが、今は未だ、喜助さんらしい人が何処にいるか分からないんだ」

　平八郎は告げた。

「何処にいるか分からない……」

　おふみとおりんは、思わず顔を見合わせた。

「実はな、おふみちゃん……」

　平八郎は、おふみに分かった事を話すと決めた。

「はい……」

おふみは、緊張した面持ちで平八郎を見詰めた。

「去年の春、小塚原の町で馬が暴れて……」

通り掛かった喜助らしい旅の中年男は、暴れ馬の暴走から幼い女の子を助けた。その時、喜助らしい旅の中年男は馬に頭を蹴られ、自分の名前や身許の何もかもを忘れてしまった。

平八郎は、事情を話した。

「名前や身許の何もかも……」

おりんは驚いた。

「ああ……」

平八郎は頷いた。

おふみは言葉を失っていた。

「そして、喜助さんらしい旅の中年男は、一月ばかり自分を知っている人を捜したが、結局は分からず、姿を消した……」

平八郎は話し終えた。

おふみは呆然《ぼうぜん》としていた。

「平八郎さん、名前や身許の何もかもを忘れるなんて、そんな事あるの……」

おりんは困惑した。

「昔、いたよ。そんな奴が……」

貞吉が板場から出て来た。

「お父っつぁん……」

「矢吹さま、じゃあお父っつぁん、おっ母さんや私たちの事も……」

おふみは、哀しげに顔を歪《ゆが》めた。

「きっと……」

平八郎は頷いた。

「忘れてしまった……」

おふみは呟《つぶや》いた。

「ああ……」

「そんな……」

おふみは、父親の喜助が母親や自分たちを忘れたと知り、今にも泣き出しそうな顔になって俯《うつむ》いた。

「お、おふみちゃん……」

平八郎は狼狽《うろた》えた。

「でも、良かったです」

おふみは、俯いたまま云った。

「えっ……」

平八郎とおりんは戸惑った。

「お父っつあんが、おっ母さんや私たちの事を忘れたのは、そうしたいからじゃあなくて、馬に蹴られたからです。だから、良かった……」

おふみは、零《こぼ》れそうになる涙を堪《こら》え、懸命に自分に云い聞かせた。

「おふみちゃん……」

平八郎は、おふみの賢さを知った。

「そうよ、おふみちゃん。喜助さん、おっ母さんやおふみちゃんたちが嫌いになって忘れたんじゃあないのよ。馬に蹴られた所為《せい》で忘れたのよ、ねっ……」

おりんは頷き、おふみを懸命に励ました。

「はい。だから、良かったです」

おふみは必死に笑顔を作った。

哀しい笑顔だった……。

「おふみちゃん……」

平八郎は、掛ける言葉に迷った。

「さあ、夜食の雑炊《ぞうすい》が出来たぞ。おりん、お椀《わん》を仕度《したく》しな」

貞吉が、雑炊の煮えた鍋を持って来た。

「あいよ……」

おりんが、お椀を取りに行った。

「今夜の雑炊は、残り物の鶏肉《とり》と卵も入れたから美味《うま》いぞ」

貞吉は笑った。

「はい。お椀……」

おりんが、お椀を持って来た。

貞吉は、湯気《ゆげ》の昇《のぼ》る雑炊を椀に注《つ》いでおふみに差し出した。

「さあ、おふみちゃん……」

「はい。美味《おい》しそう……」

おふみは、滲《にじ》んだ涙を拭《ぬぐ》った。

貞吉は、平八郎、おりん、そして自分の前に雑炊を注いだ椀を置いた。

「さあ。食べましょう」

「うむ。戴きます」

平八郎、おりん、貞吉、おふみは雑炊を食べ始めた。

「美味しい……」

おふみは、驚いたように呟いた。

「そうだろう。美味いだろう……」

貞吉は、満足げに頷いた。

「おふみちゃん、お代《かわ》りあるわよ」

「はい……」

おふみは頷いた。

平八郎は微笑んだ。

貞吉の雑炊は美味かった。


田畑の緑は朝陽に輝いていた。

玉姫稲荷の赤い幟旗《のぼりばた》は、音を立てて風にはためいていた。

平八郎と長次は、玉姫稲荷の境内《けいだい》で落ち合い、喜助らしい旅の中年男が助けた幼い女の子の家を探し始めた。

平八郎と長次は、田畑の間の田舎道を進み、百姓家を訪ね歩いた。

去年の春、小塚原町で暴れ馬の暴走に巻き込まれそうになった四歳程の女の子……。

だが、条件に合う女の子は容易に見つからなかった。

仮に条件に合う女の子が見つかったとしても、その親たちが何もかも忘れた喜助らしい男のその後を知っているとは限らない。

もし、知らなかったら……。

平八郎は、不意に疲労を感じた。

「平八郎さん……」

長次が、小さな百姓家を指差した。

小さな百姓家の庭先では、百姓夫婦が収穫した野菜の選別をしていた。そして、その傍らでは幼い女の子が遊んでいた。

「よし、訊いてみます」

平八郎は、不意に感じた疲労を振り払うような勢いで小さな百姓家の庭先に近付いた。

「やあ、少々尋ねるが……」

平八郎は、仕事をしている百姓夫婦に声を掛けた。

「はい……」

百姓夫婦は振り返った。

「あっ……」

平八郎は、思わず素《す》っ頓狂《とんきょう》な声をあげた。

百姓夫婦は戸惑いを浮かべた。

「平八郎さん……」

長次は緊張した。

平八郎は、無精髭《ぶしょうひげ》を伸《の》ばした百姓の亭主の顔をまじまじと見詰めた。

百姓の亭主は眉をひそめた。

「き、喜助さん……」

平八郎は、喉《のど》を引き攣《つ》らせて嗄《かす》れ声を震《ふる》わせた。

無精髭を伸した百姓の亭主は、行方知れずになっていた喜助だった。

「喜助……」

百姓の亭主は平八郎を見詰め、思わず聞き返した。

「ああ。そうだ。あんたは常陸国は土浦の百姓の喜助さんだ」

平八郎は告げた。

「喜助……」

喜助は、己の名前を呟いた。

「うん……」

平八郎は頷き、喜助が己の名前を思い出すかどうか見守った。

「私は、常陸国土浦の百姓の喜助……」

「そうだ、喜助さんだ。思い出したか……」

平八郎は、喜助が思い出すのを願った。

「喜助……」

喜助は、思い出せない己に苛立《いらだ》った。

「お、お前さん……」

百姓の女房は、心配そうに喜助を見詰めた。

「お、おしず……」

喜助は、困惑を浮かべた。

「違います。うちの人は喜助なんかじゃありません、蓑吉《みのきち》です」

おしずと呼ばれた女房は、喜助を庇《かば》うようにして平八郎に訴えた。

「蓑吉……」

平八郎は戸惑った。

「そうです。うちの人は蓑吉です」

おしずは云い張った。

「違う。喜助さんだ。俺と一緒に口入屋の萬屋から日雇い仕事を貰って働いていた喜助さんだ」

平八郎は告げた。

「日雇い仕事……」

喜助は、己の忘れてしまった事の欠片《かけら》を知った。

「ああ、喜助さん、俺だ、一緒に日雇い仕事をしていた矢吹平八郎だ」

「矢吹平八郎……」

喜助は、眉をひそめて平八郎を見詰めた。

「喜助さん、あんたはあの子を暴れ馬から助ける時、頭を蹴られて名前や身許の何もかもを忘れてしまった。そうだろう」

平八郎は、喜助の身に起こった事を知っているのを教えた。

「帰って。お願いです、帰って下さい。うちの人は蓑吉です。喜助なんかじゃありません。帰って下さい」

おしずは、喜助を庇って叫んだ。

遊んでいた四歳程の女の子が泣き出し、喜助に抱き付いた。

「おお、おたま……」

喜助は、抱き付いて泣く四歳程の女の子をおたまと呼んであやした。

「平八郎さん……」

長次は眉をひそめた。

「長次さん……」

「今は此処迄で……」

長次は、首を横に振って今は退《ひ》くべきだと告げた。

おたまは喜助に抱かれて泣き続け、おしずは平八郎を縋るように見詰めていた。

「はい……」

平八郎は頷いた。

常陸国土浦の百姓の喜助は、浅草橋場町の外れにある溜池の傍の百姓家にいた。

己の名前や身許の何もかもを忘れた喜助は、蓑吉と呼ばれておしずとおたま母子と一緒に暮らしていた。

平八郎と長次は、溜池の周囲の木立《こだち》の陰から小さな百姓家を見張った。

「喜助さんに間違いありませんか……」

長次は、念を押した。

「ええ。間違いありません、喜助さんです」

平八郎は頷いた。

「そうですか……」

長次は、厳しい面持ちで喜助のいる小さな百姓家を眺めた。

「長次さん……」

平八郎は眉をひそめた。

「平八郎さん。喜助さんは、おしずやおたま母子と家族同然、夫婦同然に暮らしているようですね」

長次は睨んだ。

「長次さん……」

平八郎は戸惑った。

喜助は、おしずの亭主、おたまの父親の蓑吉として暮らしているのだ。

「自分の名前や身許も忘れ、自分が何者か分からない心細さは、誰かに支えて貰わないと乗り越えられなかった……」

「おしずにしても、喜助が我が子のおたまの為に名前や身許の何もかも忘れてしまったと云う負い目がありますか……」

「ええ。それで、千住大橋の袂に佇んで己を知っている人を捜す喜助さんを、自分の家に引き取ったのかもしれませんね」

平八郎と長次は、喜助とおしずの気持ちを読んだ。

「おたまも、随分と喜助さんに懐《なつ》いているようですし、出来るものなら……」

平八郎は、吐息混じりの困惑を浮かべた。

「そっとしておきますか……」

長次は、平八郎の腹の内を読んだ。

「いえ。今度ばかりはそうはいきません」

平八郎は、居酒屋『花や』で健気に働くおふみを思い出した。

「じゃあ、どうします……」

「何れは、おふみちゃんを逢わせなきゃあならないでしょうね」

「ええ……」

長次は頷いた。

「そして、どうするのかは決めるのは喜助さんです」

平八郎は、小さな百姓家を眩《まぶ》しげに眺めた。

菅笠を被った喜助は、さまざまな野菜を入れた竹籠《かご》を背負って小さな百姓家から出て来た。

平八郎は、木立の陰に隠れた。

長次は続いた。

喜助は、野菜を入れた竹籠を背負い、おしずとおたまに見送られて橋場町に向かった。

「野菜を売りに行くようですね」

長次は読んだ。

「ええ。私が追います。長次さんはおしずを頼みます」

「承知……」

長次は頷いた。

平八郎は、見送っているおしずとおたまに気付かれないように田畑の中を迂回《うかい》し、喜助を追った。

長次は、喜助をいつ迄も見送るおしずとおたまを見守った。

隅田川は大きくうねりながら流れていた。

喜助は、隅田川沿いの道を進み、橋場町から今戸《いまど》町、花川戸町に野菜を売り歩いた。

平八郎は、喜助の様子を窺いながら尾行《つけ》た。

喜助は、売り声をあげる事もなく商家や小料理屋を訪れていた。

訪れる商家や小料理屋は馴染《なじみ》客らしく、竹籠の中の野菜は売れていった。

長次は、小さな百姓家を見張り続けた。

おしずとおたまは、庭を片付けて掃除をして小さな百姓家に入った。

やって来た縞《しま》の半纏を着た男が、疲れ果てた面持ちで小さな百姓家を窺った。

何だ……。

長次は眉をひそめた。

縞の半纏を着た男は、溜息を深々と洩《も》らして身体を引き摺《ず》るように立ち去って行った。

誰だ……。

長次は、縞の半纏を着た男が気になり、その後を追った。

四

隅田川にはさまざまな船が行き交っていた。

喜助は、竹籠の中の野菜を売り切り、土手に腰を下ろして隅田川を行き交う船を眺めた。

「喜助さん……」

平八郎は、喜助に背後から声を掛けた。

喜助は、驚いたように振り向き、平八郎だと知って立ちあがろうとした。

「喜助さん、土浦から娘のおふみちゃんが江戸に来ているよ」

平八郎は告げた。

「娘のおふみ……」

喜助は動きを止め、戸惑いを浮かべた。

「うん……」

平八郎は告げ、喜助の隣りに腰を下ろした。

喜助は、緊張した様子で平八郎を見守った。

「ま、座るが良い……」

平八郎は笑い掛けた。

「へ、へい……」

喜助は頷き、平八郎の隣りに恐る恐る腰を下ろした。

「日雇い仕事の土手普請《ぶしん》の昼飯、こうして並んで良く食べたものだな」

平八郎は、隅田川を眺めながら懐かしげに微笑んだ。

「そうなんですか……」

「うん。俺とあんたは仕事仲間だ……」

平八郎は頷いた。

「矢吹平八郎さまでしたね」

喜助は、平八郎に縋る眼差《まなざ》しを向けた。

「そうだ」

「矢吹さま、私は本当に常陸国土浦の百姓の喜助なんですか」

喜助は、平八郎に不安げに尋ねた。

「ああ。そして去年の春、江戸で一冬出稼ぎをして稼いだ金を持って、女房や子供の待っている土浦に帰った……」

「土浦に……」

喜助は、戸惑いを浮かべた。

「ああ。土浦に帰って家族仲良く暮らしている。俺や神田明神下の萬屋の親父はそう思っていた……」

「萬屋の親父……」

「ああ。俺や喜助さんが日雇い仕事の世話をして貰っている口入屋の主の万吉だ」

「万吉さん……」

「だが、その口入屋の萬屋に数日前、常陸の土浦からおふみちゃんがやって来てな」

「おふみちゃん……」

「ああ。喜助さん、あんたの娘だ」

「私の娘……」

喜助は眉をひそめた。

「うん。出稼ぎに出たまま帰って来ないお父っつあんの喜助さんを捜しに、一人で土浦からやって来たんだ」

「私を捜しに一人で……」

喜助は、隅田川の流れを眺めた。

「うん。それで喜助さん、あんたと親しかった俺が捜すように頼まれてな」

「そうでしたか……」

「どうだ、自分の素性を聞いて、何か思い出したか……」

「いいえ、何も……」

「そうか、思い出さないか……」

喜助は、淋しげに首を横に振った。

「へい……」

「ならば、娘のおふみに逢ってみるか……」

実の娘のおふみに逢えば、喜助は忘れた己を取り戻せるかもしれない。

今、手立てはそれしかない……。

平八郎は、喜助に娘のおふみに逢わせようと思った。

「いいえ。そいつは勘弁して下さい」

喜助は断った。

「喜助さん……」

平八郎は戸惑った。

「おふみには逢えません」

「何故《なぜ》だ。逢えば己の忘れた事を思い出せるかもしれないぞ」

平八郎は困惑した。

「そうかもしれません。でも……」

喜助は、苦しげに顔を歪めた。

「おしずに義理立てしているのか……」

「矢吹さま、おしずは三年前、おたまが一歳の時に亭主を病で亡くし、以来一人でおたまを育てて来たそうです。そして、私と出会って。千住大橋の袂で知り合いを捜す私を引き取ってくれたんです」

「それは、おそらく喜助さんがおたまを暴れ馬から助けたから……」

「ですが、今のおしずとおたまは私を頼り切っています。今、私がいなくなったら……」

「喜助さん……」

「矢吹さま、今の私は土浦の喜助じゃあなく、蓑吉です。蓑吉なんです」

喜助は、空の竹籠を持って足早に土手から離れた。

「喜助さん……」

平八郎は見送った。

隅田川を吹き抜けた風が、平八郎の鬢《びん》の解《ほつ》れ髪を揺らした。

神田明神門前町の盛り場は、店を開ける仕度に忙しかった。

居酒屋『花や』は、貞吉が料理の仕込みをし、おりんが店と表の掃除をする。

平八郎は、物陰から居酒屋『花や』を窺った。

居酒屋『花や』の表では、おりんが掃除を終えて水を撒《ま》いていた。

おふみの姿は見えない。

おそらく、板場で貞吉の仕込みの手伝いをしているのだ。

平八郎は睨んだ。

「おりん……」

平八郎は、おりんを小声で呼んだ。

「あら……」

おりんは、物陰にいる平八郎の許にやって来た。

「どうしたの……」

おりんは、平八郎に怪訝《けげん》な眼を向けた。

「うん。喜助さんが見つかってな」

「良かった。おふみちゃんに報せてあげなきゃあ……」

おりんは喜び、居酒屋『花や』の板場に行こうとした。

「待て、おりん……」

平八郎は、おりんを慌てて止めた。

「何よ……」

おりんは戸惑った。

「実はな、喜助さん、自分が何処の誰か分かった今も、土浦には帰らないと云うんだ」

平八郎は眉をひそめた。

「帰らない……」

おりんは驚いた。

「ああ……」

「どうしてなのよ」

おりんは、困惑を浮かべた。

「それなんだが……」

平八郎は、喜助がおしずおたま母子と一緒に暮らしている事や、その遣《や》り取りの一部始終を教えた。

「そんな……」

おりんは、自分は蓑吉だと云った喜助に驚き、言葉を失った。

「名前や身許を自分で思い出さない限り、喜助さんは蓑吉でいるのかもしれぬ」

「そうかもねえ……」

おりんは頷いた。

「それで、おふみちゃんに此の事を云うべきかどうか、迷ってな……」

平八郎は眉をひそめた。

「そうねえ。本当の事は云わなくちゃあならないけど、他の女や子供と暮らしているなんて。辛い。辛いわね」

「ああ。辛い……」

平八郎は悩んだ。

「じゃあ、もう暫《しばら》く見つからないと云う事にして、喜助さんに何としてでも名前と身許を思い出させるしかありませんよ」

「やはり、それしかないかな……」

「ええ……」

おりんは頷いた。

「そうか。よし、決めた。ならば、今日はおふみに逢わず、此で帰るとするか……」

平八郎は、居酒屋『花や』に寄らず帰ると決めた。

谷中天王寺《てんのうじ》の鐘が暮六つ（午後六時）を報せた。

長次は、谷中の寺町にある正明寺《しょうみょうじ》の裏門を見張っていた。

縞の半纏を着た男は、浅草橋場の小さな百姓家から三ノ輪町を通り、根岸《ねぎし》を抜けて谷中に来た。そして、正明寺の裏門を潜った。

賭場《とば》か……。

長次は、正明寺の裏門を入った処にある家作を賭場だと睨んだ。

縞の半纏を着た男は、陽のある内から賭場に出入りをしている処をみると博奕《ばくち》打ちなのかもしれない。

長次は想いを巡らせた。

三下が、裏門から出て来て下谷に向かった。

よし……。

長次は、出て来た三下を追った。

三下は、谷中から東叡山寛永寺と不忍池《しのばずのいけ》の間の道を下谷に向かった。

雑木林の間の道に人影は少なかった。

今だ……。

長次は、三下に向かって走った。

三下は、背後に迫る足音に振り返った。

刹那、長次は三下を捕まえて雑木林に連れ込んだ。

「な、何しやがる……」

三下は、血相《けつそう》を変えて抗《あらが》った。

「煩《うる》せえ、静かにしろ」

長次は、三下を雑木林に突き倒し、素早く十手を突き付けた。

三下は息を飲んだ。

「さっき、正明寺の賭場に入って行った縞の半纏を着た野郎、何者なんだい」

「えっ……」

三下は戸惑った。

「賭場に入った縞の半纏を着た野郎だ。博奕打ちなのか……」

「ああ、あの人は流れ者の博奕打ちでしてね。賭場に寝泊まりしている人です」

「流れ者の博奕打ちか、名前は……」

「安吉《やすきち》さんです」

「安吉か……」

縞の半纏を着た男は、流れ者の博奕打ちの安吉だった。

「へい。親分、安吉さん、何かしたんですか」

三下は、小狡《こずる》そうな眼を長次に向けた。

「お前、名前は……」

長次は苦笑し、三下に訊いた。

「あっしですか……」

「ああ……」

「せ、仙八《せんぱち》ですが……」

「よし、仙八。此の事は誰にも洩らすな。洩らせばお前も只《ただ》じゃあすまねえぜ」

長次は、冷笑を浮かべて仙八を脅《おど》した。

行燈《あんどん》の火は辺りを仄《ほの》かに照らした。

平八郎は、椀に注いだ酒を飲み干した。

「ああ、美味い……」

平八郎は、吐息を洩らしながら椀を置いた。

「おりんさんから今夜は来ないと聞きましてね。それで、酒を持って来たって訳ですよ」

長次は、平八郎の椀に一升《いっしょう》徳利の酒を満たした。

「そうでしたか……」

「ええ。じゃあ、花やに行かない訳、詳しく聞かせて貰いましょうか……」

長次は、自分の湯呑茶碗に酒を満たした。

「はい……」

平八郎は、喜助との遣り取りを教えた。

「成る程……」

長次は眉をひそめた。

「で、長次さんの方はどうでした」

「そいつが、あれから博奕打ちが来ましてね」

「博奕打ち……」

平八郎は、思わず酒の入った椀を口元で止めて聞き返した。

行燈の火は瞬《またた》いた。

腰高障子が性急に叩《たた》かれた。

平八郎は、眼を覚まして腰高障子を見た。

朝陽に照らされた腰高障子には、女の影が映っていた。

「誰だ。心張棒は掛けてないぞ」

「お邪魔しますよ」

おりんが、腰高障子を開けて入って来た。

「どうした……」

平八郎は、身を起こして眠い眼を擦《こす》った。

「おふみちゃんがいなくなったんですよ」

おりんは、焦《あせ》りを浮かべていた。

「おふみちゃんが……」

平八郎は眉をひそめた。

「ええ。昨夜、お父っつあんが平八郎さんの来ないのを気にしましてね。私、おふみちゃんがいない時、手短《てみじか》に事の次第を教えたんですよ。おふみちゃん、どうもそれを聞いたみたいなのよ」

おりんは、申し訳なさそうに告げた。

「じゃあおふみちゃん、浅草の橋場町に行ったのかもしれないのか……」

「ええ……」

おりんは頷いた。

所詮《しょせん》、誤魔化《ごまか》し切れる筈もなく、いつかは露見する事なのだ。

「そうか。よし……」

平八郎は、浅草橋場町に急ぐ事にした。

誰かが尾行て来る……。

平八郎は、明神下の通りに出た時、尾行て来る者に気付いた。

尾行は下手《へた》であり、殺気などはなかった。

誰だ……。

平八郎は尾行て来る者を見定めようと、それとなく背後を窺った。

おふみが、物陰伝いに追って来ていた。

賢い娘だ……。

平八郎は苦笑した。

おふみは、平八郎が父親喜助の許に行くと読んで尾行て来ているのだ。

ならば、此のまま連れて行く迄だ……。

平八郎は、おふみを連れて浅草橋場町に向かった。

田畑の緑は風に揺れていた。

おふみは、懸命な足取りで平八郎を尾行た。

平八郎は、おふみが尾行し易《やす》い足取りで田舎道を進んだ。

小さな百姓家が見えた。

おふみは、己の名前や身許を忘れた父親の喜助に逢ってどうするのか。そして、喜助は我が子のおふみに逢って己の名前や身許を思い出せるのか……。

平八郎は、想いを巡らせた。

幼い女の子の笑い声が、小さな百姓家の垣根《かきね》越しに聞こえた。

平八郎は足を止めた。

おたまが、小さな百姓家の庭から田舎道に駆け出して来た。

「お化けだぞう、おたま……」

喜助が、戯《ふざ》けながら追って出て来た。

おたまと喜助は、楽しげに追い駆けっこを始めた。

次の瞬間、縞の半纏を着た男が緑の田畑から飛び出し、喜助を殴り倒した。

おたまが驚き、泣いた。

男は、殴り倒した喜助を蹴飛ばし始めた。

喜助は頭を抱え、身体を縮めた。

平八郎は、地を蹴って走った。

「安吉……」

長次が現われ、安吉に飛び掛かった。

安吉は、匕首《あいくち》を一閃《いっせん》した。

長次は、咄嗟《とっさ》に跳《と》び退《の》いて躱《かわ》した。

「ぶっ殺してやる」

安吉は、倒れている喜助に匕首を振り翳《かざ》した。

刹那、駆け寄った平八郎が安吉の匕首を握る腕を取り、鋭い投げを打った。

安吉は、地面に激しく叩き付けられた。

土埃が舞い上がった。

長次は、安吉の匕首を素早く奪い、十手で押さえ付けた。

「何しやがる、安吉……」

長次は怒鳴った。

「おたまの父親は俺だ。俺が父親なんだ」

安吉は喚《わめ》いた。

「何だと……」

長次と平八郎は戸惑った。

おたまの父親、おしずの亭主は病で死んだ筈だった。

「それなのに、おたまの父親面をしやがって、俺がおたまの父親なんだ。俺がおしずの亭主なんだ」

安吉は、長次に押さえ付けられながらも喚き続けた。

「違います」

おしずがおたまを抱き締め、安吉を睨み付けていた。

「おたまのお父っつあんは、三年前に博奕って病に取り憑《つ》かれて死んだのです。とっくに死んで、いないんです」

おしずは、厳しく云い放った。

「お、おしず……」

安吉は、おしずを呆然と見詰めた。

「あんたは、私と赤ん坊のおたまより、博奕を選んで家から出て行った。だから私はあんたは死んだと決め、たった一人でおたまを育てて来たんです。それなのに、今更、おたまの父親だなんて……」

おしずは、おたまを抱いて泣き出した。

「おしず……」

「だったら、どうしてもっと早く、もっと早く帰って来て呉《く》れなかったんです」

おしずはすすり泣いた。

「す、すまない……」

安吉は、おたまを抱いてすすり泣くおしずに手をつき、項垂れた。

平八郎は、喜助に近付いた。

喜助は、呆然とした面持ちで地面に座り込んでいた。

「怪我はないか、喜助さん……」

「は、はい……」

喜助は、我に返ったように立ち上がった。

「見ての通りだ。どうする……」

平八郎は、喜助に尋ねた。

「平八郎の旦那……」

喜助は、淋しさを過《よぎ》らせた。

「喜助さんの居場所、どうやら江戸にはなくなったようだな。土浦に帰ってみるか……」

「土浦ですか……」

喜助は、北の空を眺めた。

「お父っつあん……」

おふみが背後から呼び掛けた。

喜助は、ゆっくりと振り返った。

おふみが、緊張した面持ちで喜助を見詰めていた。

喜助は、おふみをじっと見返した。

まさか……。

平八郎は、微かな違和感を覚えた。

「やあ。おふみ……」

喜助は、頬を引き攣《つ》らせて小さな笑みを浮かべた。

「お父っつあん……」

おふみは顔を輝かせ、喜助に駆け寄った。

「土浦から捜しに来てくれたのか……」

「うん。おっ母さんと庄太《しょうた》やおはるも心配しているよ」

「そうか。みんな、達者でいるか……」

「ううん。おっ母さんの心の臓が悪くなって、それで私……」

「俺を捜しに来たのか……」

「うん。私、心細くなって……」

おふみは涙声になった。

「そうか。すまなかったな……」

喜助は、おふみに頭を下げて詫びた。

「お父っつあん……」

おふみは、喜助に縋って泣き出した。

「おふみ……」

喜助は、おふみを優しく抱き締めた。

「喜助さん……」

平八郎は、喜助が忘れていた己の名前や身許を思い出したと気付いた。

「平八郎の旦那、日雇い仕事以外でも、いろいろお世話になりました」

喜助は、恥ずかしげな笑みを浮かべた。

「思い出したのか……」

平八郎は尋ねた。

「ええ。どうも、殴られ蹴飛ばされて地面に倒れた時、頭を打ったようでして……」

喜助は眉をひそめた。

暴れ馬に蹴られて失った記憶は、安吉に殴られ蹴られて蘇《よみがえ》ったようだ。

「そうか。ま、理由はどうであれ、良かった。良かったな……」

平八郎は喜んだ。

「ええ……」

喜助は頷いた。

「平八郎さん……」

長次がやって来た。

「長次さん……」

平八郎は、長次の背後にいるおしずと安吉を見た。

おしずはおたまを抱き、安吉と一緒に心配げな面持ちで佇んでいた。

「喜助さん、安吉をお上に訴えるかい……」

「えっ……」

喜助は戸惑った。

「申し訳ねえ喜助さん。此の通りです、勘弁して下さい」

安吉は、喜助に土下座して額を地面に擦り付けた。

おたまを抱いたおしずが隣りに座り、一緒に頭を下げた。

「安吉、博奕打ちから足を洗い、おしずさんとおたまちゃんの許に戻りたいそうだ」

「そうですか……」

「どうする、喜助さん……」

「そりゃもう。博奕から足を洗うのが本当なら、お上に訴えたりしませんよ」

喜助は笑った。

「おしずさん、安吉、聞いた通りだ」

長次は、おしずと安吉に告げた。

「ありがとうございます」

おしずと安吉は、喜助に深々と頭を下げた。

「おしずさん、おたまちゃん、漸く自分の名前を思い出したよ」

「良かった……」

おしずは頷き、喜んだ。

「本当にお世話になりました……」

喜助は、おしずとおたまに礼を述べた。

長次は、安吉が博奕打ちから足を洗うのにしなければならない事を調べ始めた。

平八郎は、喜助とおふみを伴《ともな》って明神下の口入屋『萬屋』に向かった。

長次は、親分の駒形の伊佐吉と共に安吉を連れて賭場の貸元《かしもと》を訪れた。そして、足を洗うので今後一切の拘わりを断つように頼んだ。

頼みの裏には、南町《みなみまち》奉行所定町廻《じようまちまわ》り同心《どうしん》の高村源吾《たかむらげんご》の脅しも潜《ひそ》んでいた。

賭場の貸元は頷くしかなかった。

喜助は、娘のおふみと一緒に常陸国土浦に帰る事になった。

平八郎は、土浦に帰る喜助とおふみを千住宿迄見送った。

喜助とおふみは、振り返っては頭を下げて水戸街道を旅立った。

椋鳥は漸く故郷に帰った……。

第二話　凶状持《きょうじょうもち》

一

根津権現境内《ねづごんげんけいだい》には参拝客《さんぱい》が訪れていた。

境内の西側、遠江国掛川藩《とおとうみかけがわ》江戸下屋敷との間の石垣《いしがき》が崩《くず》れ、石工《いしく》と人足《にんそく》たちが補修作業に忙しかった。

石を運び、石工の手伝いをする人足たちの中には平八郎がいた。

石積み普請《ぶしん》の人足は、重労働の上に危険な仕事だ。だが、只《ただ》の人足より給金の割りは良く、平八郎は喜んで手をあげていた。

石工は、石鑿《いしのみ》と玄能《げんのう》で石を削《けず》り、隙間《すきま》なく組み合わせていた。

「見事なものだ……」

平八郎は、石を巧《たく》みに組み合わせて積む石工の技に感心していた。

「矢吹の旦那《だんな》……」

石工の親方の『丁字屋《ちょうじや》』仁吉《にきち》が、石置場から平八郎を呼んだ。

「何です、親方……」

平八郎は、親方の仁吉の許《もと》に行った。

「こっちと組んで、石運びを頼みますぜ」

仁吉は、背後に佇《たたず》んでいるがっしりした体軀《たいく》の若い男を示した。

「石運びは初めてだそうでしてね。呉々《くれぐれ》も怪我《けが》のないように……」

「心得た」

平八郎は頷《うなず》いた。

「じゃあ宜《よろ》しく……」

仁吉は立ち去った。

「やあ……」

平八郎は、がっしりした体軀の若い男に笑い掛けた。

「弥七《やしち》です。宜しくお頼み申します」

がっしりした体軀の若い男は、弥七と名乗って平八郎に深々と頭を下げた。

「弥七さんか、俺は矢吹平八郎だ。宜しくな」

平八郎は名乗り、弥七と共に畚《もっこ》を使って石を運び始めた。

弥七は、足腰もしっかりしていて力もあり、畚で石を運ぶこつも直《す》ぐに覚えた。

平八郎と弥七は石を運び、石工の手伝いに精を出した。

弥七は、手を抜いたり怠《なま》けたりする事もなく、額《ひたい》に汗を滲《にじ》ませて働いた。

真面目《まじめ》な働き者……。

平八郎は、弥七をそう見た。

参拝客の途絶えた夕暮れ時、石積み普請もその日の仕事を終えた。


神田明神門前町の盛り場は、夜が更《ふ》けると共に賑《にぎ》わっていった。

平八郎は、居酒屋『花や』で馴染《なじみ》客と酒を楽しんでいた。

外に呼子《よびこ》の音が鳴り響いた。

「何かあったのかしら……」

女将《おかみ》のおりんは眉《まゆ》をひそめた。

「食い逃げか、飲み逃げでも出たんじゃあねえのか……」

馴染客の大工の棟梁《とうりよう》が笑った。

「ま、そんな処《ところ》だろうな」

平八郎は頷き、酒を飲んだ。

腰高障子《こしだかしようじ》が開き、馴染客の古着屋の主が入って来た。

「いらっしゃい……」

おりんは迎えた。

「お揃《そろ》いだね……」

古着屋の主は、平八郎や大工の棟梁たち馴染客のいる処にやって来た。

「外、騒がしいが、何かあったのか……」

平八郎は、古着屋の主に尋《たず》ねた。

「ああ、何でも凶状持《きようじようもち》がいたそうだよ」

古着屋の主は、恐ろしそうに身を縮めてみせた。

「凶状持……」

平八郎は眉をひそめた。

〝凶状持〟とは、凶悪な事件を犯《おか》して追われている者を指した。

「まあ、恐ろしい。平八郎さん、今夜は遅く迄《まで》いても良《い》いわよ」

いつもは、翌日の仕事の為に早く帰って寝ろと『花や』を追い出すおりんが、珍しい事を云《い》った。

「おっ、そうか……」

平八郎は喜んだ。

「女将さん、矢吹の旦那を只で用心棒にしようって魂胆《こんたん》だな」

馴染客の大工の棟梁が笑った。

「あら、ばれちゃった」

おりんは、悪戯《いたずら》っぽく舌《した》を出して板場に入っていった。

平八郎や大工の棟梁たちは笑い、楽しげに酒を飲み続けた。

呼子笛は鳴り続けていた。

亥《い》の刻四つ（午後十時）の鐘が鳴った。

馴染客たちも帰り、居酒屋『花や』は店仕舞《じま》いの時を迎えた。

「おりん、暖簾《のれん》を仕舞うのか……」

平八郎は、徳利《とっくり》や皿を片付けているおりんに声を掛けた。

「ええ……」

「じゃあ、俺が仕舞ってやる」

平八郎は、腰高障子を開けて外に出た。

盛り場に行き交《か》う人は少なかった。

平八郎は、暖簾を外して軒行燈《のきあんどん》を消し、居酒屋『花や』に戻ろうとした。

若い男が足早にやって来た。
見覚えがある……。
平八郎は、足早にやって来る若い男に見覚えがあった。
若い男は、平八郎の背後を足早に通り過ぎて行った。
弥七……。
平八郎は、見覚えのある若い男が弥七だと気付いた。
弥七は、足早に去って行く。
平八郎は見送った。
不意に弥七が隠れた。
どうした……。
町奉行所の同心《どうしん》が岡っ引らしい男とやって来て、弥七の隠れた物陰《ものかげ》の前を通り過ぎた。
弥七は物陰から現われ、同心と岡っ引を一瞥《いちべつ》して足早に立ち去って行った。
平八郎は見送った。
「おう。胡乱《うろん》な野郎、見掛けなかったかい」
町奉行所同心は、平八郎に声を掛けて来た。

「見掛けなかったが、凶状持って奴か……」

平八郎は尋ねた。

「ああ……」

「その凶状持、何をしたのだ……」

「そいつがな……」

「旦那《だんな》……」

岡っ引が遮《さえぎ》った。

「おっ、そうか……」

同心は、岡っ引に促《うなが》されて立ち去った。

平八郎は、同心と岡っ引を見送った。

弥七は、同心と岡っ引たちを避けて物陰に隠れた。それは、凶状持として追われているからなのかもしれない。

平八郎は読んだ。

弥七は凶状持なのか……。

「遅いわね。何してんの……」

おりんが顔を出した。

「いや、別に……」

平八郎は、暖簾を持って居酒屋『花や』に入った。

根津権現の石垣積み普請は続いた。

幾つかの口入屋を通して雇《やと》われた日雇い人足の中には、平八郎と弥七もいた。

平八郎は、弥七と組んで畚で石を運んだ。

「そう云えば弥七さん、お前さん、家は神田明神の界隈《かいわい》かい」

「えっ……」

弥七は、微《かす》かな緊張を過《よぎ》らせた。

「昨夜《ゆうべ》、神田明神門前の盛り場で一杯飲んで帰る時、お前さんに似た男を見掛けてな」

平八郎は、弥七の反応を窺《うかが》った。

弥七は、僅《わず》かに眉をひそめた。

「それで、神田明神界隈に住んでいるのかと思って訊《き》いたんだよ」

「そうですか。ですが、あっしは神田明神界隈には住んじゃおりません。あっしに似た男は、きっと只の似た男、別人ですよ」

弥七は笑った。

その笑いは、微かに引き攣《つ》っていた。

嘘《うそ》を吐《つ》いている……。

平八郎は見逃さなかった。

昨夜、同心と岡っ引を遣《や》り過《す》ごした若い男は弥七なのだ。

平八郎は確信した。

「そうか。俺は明神下の裏長屋に住んでいてな。神田明神の界隈で暮らしているなら一緒に飲もうかと思ったのだ」

平八郎は残念がった。

石積み普請は続いた。


今夜も居酒屋『花や』は賑わっていた。

平八郎と長次は酒を飲んだ。

「昨夜、神田明神界隈に現われた凶状持ですか……」

長次は、猪口《ちょこ》を置いた。

「ええ。どんな凶状持なのか、教えて貰《もら》いたいのですが……」

平八郎は、手酌《てじゃく》で酒を飲んだ。

「あっしも詳しい事は知らないのですが、何でも上州《じょうしゅう》の代官所を破《やぶ》った奴だとか……」

「ほう。代官所破りですか……」

「ええ。平八郎さん、その凶状持がどうかしたのですか……」

「らしい奴がいるんです」

平八郎は、厳しい面持《おもも》ちで告《つ》げた。

「らしい奴……」

長次は眉をひそめた。

「ええ。今、根津権現の石積み普請の人足をしている真面目な働き者なんですが……」

「真面目な働き者……」

「ええ……」

平八郎は、同じ日雇い人足をしている弥七の事を話した。

「へえ、その弥七、凶状持を捜《さが》していた同心の旦那と岡っ引を避けて隠れましたか……」

長次は、厳しさを浮かべた。

「ええ。真面目な働き者が凶状持。もし、そうだったらどんな訳があるのか、ちょいと気になりましてね」

平八郎は眉をひそめた。

「成る程、分かりました。昨夜、此《こ》の界隈に現われた凶状持、どんな奴か訊いてみます」

長次は、手酌で猪口に酒を満たした。

「お願いします」

平八郎は酒を飲んだ。

居酒屋『花や』の賑わいは続いた。

根津権現の石積み普請は、最後の日を迎えた。

親方の仁吉たち石工は、平八郎や弥七たち人足が運んだ石を巧みに組み合わせて積んでいた。

平八郎は、弥七と組んで畚で石を運び、石工の手伝いに励《はげ》んだ。

崩れた石垣は綺麗《きれい》に積み直され、根津権現の石積み普請は怪我人も出さず無事に終わった。

石工『丁字屋』の親方仁吉は、根津権現の宮司《ぐうじ》から下げ渡された御神酒《おみき》を石工や人足たちに振る舞い、普請が無事に終わった事を祝った。

「お世話になりました」

弥七は、平八郎に頭を下げて礼を述《の》べた。

「いや。お互い怪我もなく、無事に終わって何より……」

平八郎は笑った。

「ええ……」

弥七は微笑《ほほえ》んだ。

「ま、此《これ》からも何処《どこ》かの普請場で逢《あ》う事もあるだろう」

「はい。じゃあ……」

弥七は、平八郎や仁吉、そして石工や仲間の人足たちに律儀《りちぎ》に挨拶《あいさつ》をして普請場を後にした。

平八郎は見送った。

物陰から長次と亀吉が現われ、弥七を追って行った。

平八郎は戸惑った。

駒形の伊佐吉が現われ、平八郎に笑い掛けた。

門前の茶店には、根津権現の参拝客が訪れていた。

平八郎と伊佐吉は、茶店の奥の小部屋にあがって茶を頼んだ。

「旦那と組んで畚を担《かつ》いでいるのが、働き者の弥七だと見定め、長《ちょう》さんが塒《ねぐら》を突き止めると、亀《かめ》を連れて行ったんだぜ」

伊佐吉は、茶店の老婆《ろうば》の持って来てくれた茶を飲んだ。

「そうか……」

流石《さすが》にやる事にそつがない……。

平八郎は、長次に感心した。

「それで親分、凶状持の詳しい事、分ったのか……」

「うん。上州は板鼻《いたはな》代官所の元締や手代たち役人を斬り殺し、牢《ろう》を破って捕《と》らえられていた罪人たちを逃がしたそうだぜ」

伊佐吉は、南町奉行所で聞いた話を平八郎に伝えた。

「へえ、代官所の役人たちを斬り殺して牢を破ったのか……」

平八郎は驚き、感心した。

「ああ。そして、江戸に出て来たようだ」

「それにしても何故《なぜ》、そんな真似《まね》をしたのだ」

平八郎は首を捻《ひね》った。

「そいつが、南町奉行所の高村の旦那の話じゃあ、今年の春、江戸から板鼻に行った領主の旗本が、領民を無礼討《ぶれいう》ちにしてな。怒った親兄弟が旗本に恨《うら》みを晴らそうと企《くわだ》てたそうだ。それを板鼻代官所が知り、親兄弟を捕らえた……」

「それで、弥七が板鼻代官所の牢を破り、無礼討ちにされた領民の親兄弟を助けたのか……」

平八郎は、弥七が凶状持になった理由を知った。

「ああ……」

伊佐吉は、話し終えて茶を飲んだ。

「そうか……」

凶状持になった弥七は、どうして江戸に出て来たのか……。

平八郎は、想いを巡らせた。

凶状持になって逃げるのなら、江戸より警戒の緩《ゆる》い処に行くべきなのだ。だが、弥七はそうしないで江戸に出て来た。

何故《なぜ》だ……。

弥七が江戸に来たのは、何らかの目的があっての事なのだ。

平八郎は睨《にら》んだ。

目的とは何なのだ……。

平八郎は、弥七の此《これ》からの動きを読もうとした。


入谷鬼子母神境内《いりやきしもじんけいだい》では、子供たちが楽しげに遊んでいた。

弥七は、鬼子母神の前を通り過ぎた。そして、小さな古寺の山門前に佇《たたず》んで辺りを見廻し、素早く境内に入った。

尾行《つけ》て来た亀吉は、山門に駆け寄って境内を窺った。

弥七が、狭い境内を抜けて本堂の裏に入って行った。

亀吉は境内を走り、本堂の陰から裏を覗いた。裏には小さな家作があり、弥七が雨戸を開けていた。

亀吉は見届け、緊張を解いて小さな吐息を洩《も》らした。

「此処《ここ》か……」

長次が、追ってやって来た。

「はい……」

亀吉は、家作の雨戸を開けている弥七を示した。

弥七は雨戸を開け終え、家の奥に消えた。

長次と亀吉は、本堂の陰から山門に戻った。

弥七は、根津権現を出て千駄木《せんだぎ》から谷中に抜け、根岸の里から入谷に来た。そして、小さな古寺の家作に入ったのだ。

「塒なんですかね」

「きっとな。帰って来て雨戸を開けた処を見ると、一人暮らしだな。よし、見張っていてくれ。俺はちょいと近所に聞き込みを掛けて来る」

「承知……」

亀吉は頷いた。

長次は、山門に掲《かか》げられている扁額《へんがく》を見上げた。

扁額に書かれた『照成寺《しようせいじ》』の文字は、風雨に晒《さら》されて消え掛かっていた。

「照成寺か……」

長次は、聞き込みに向かった。

陽《ひ》は沈み始めた。

居酒屋『花や』は、暖簾を掲げたばかりで客は未《ま》だ少なかった。

平八郎と伊佐吉は、店の隅《すみ》で酒を飲み始めていた。

「それにしても、代官所の役人を斬り棄《す》てて牢を破るとは、弥七ってのは何者なのかな」

伊佐吉は眉をひそめた。

「うん。中々がっしりした身体でな。只の百姓でないのは確かだ」

平八郎は読んだ。

「だったら渡世人《とせいにん》かな……」

「かもしれない……」

「渡世人にしては、相当な遣《つか》い手だな」

伊佐吉は感心した。

「親分、上州には馬庭念流《まにわねん》と云う剣術の流派があってな、百姓や町人の門人も多いと聞いている」

平八郎は、その昔に兄弟子から聞いた話を思い出した。

馬庭念流とは、上州馬庭村の郷士《ごうし》樋口又七郎《ひぐちまたしちろう》を祖とする剣の流派であり、上州の百姓や町人たちにも広まっていた。

「じゃあ、弥七もその馬庭念流とやらを修行したんだな」

伊佐吉は睨んだ。

「ああ。有り得《う》るな……」

平八郎は頷き、手酌で酒を飲んだ。

居酒屋『花や』は賑わい始めた。


入谷の『照成寺』は夕陽に照らされた。

亀吉は、『照成寺』に裏門がないのを見定め、山門の前で見張り続けていた。

「変わりはないようだな」

長次が戻って来た。

「はい。で、どうでした」

「うん。照成寺には年寄りの住職と寺男がいるそうだ」

「そうですか、それで裏の家作にいる弥七の事は……」

「そいつが誰も知らないんだな」

長次は眉をひそめた。

「えっ……」

亀吉は驚いた。

「どうやら、住職と寺男、弥七が家作にいるのを内緒にしているようだ」

長次は読んだ。

半纏《はんてん》を着た弥七が、本堂の裏から出て来た。

長次と亀吉は、素早く物陰に隠れた。

弥七は、辺りを油断なく見廻《みまわ》して『照成寺』の山門を出た。そして、薄暮の町を下谷に向かった。

長次と亀吉は追った。

二

神田川の流れには、行き交《か》う船の明かりが映《は》えていた。

弥七は、入谷から下谷広小路を抜けて御成街道《おなりかいどう》を進み、神田川に出た。そして、神田川に架《か》かっている昌平橋《しょうへいばし》を足早に渡り、八ツ小路《やっこうじ》から備後《びんご》国福山《ふくやま》藩と丹波《たんば》国篠山《ささやま》藩の江戸上屋敷の間の道を進んだ。

長次と亀吉は、前後を入れ替わりながら慎重に尾行た。

弥七は、福山藩と篠山藩の江戸上屋敷の間を抜けて三河町《みかわちょう》に進んだ。


三河町四丁目の飲み屋は、人足や浪人などの雑多な客で賑わっていた。

「いらっしゃい……」

弥七は、飲み屋の男衆《おとこしゅう》に威勢《いせい》良く迎えられ、賑わう店内を見廻した。

中年の男が店の隅《すみ》に座り、一人で酒を飲んでいた。

弥七は、男衆に酒を注文して中年の男の前に座った。

中年の男は、弥七を見て強張《こわば》った笑みを浮かべた。

「やあ……」

弥七は、中年の男に親しげに笑い掛けた。

長次と亀吉は、弥七を追って飲み屋に入った。そして、弥七と中年の男の見える処に座り、男衆に酒を頼んだ。

弥七と中年の男は、酒を飲みながら小声で話をしていた。

「誰なんですかね、あの中年の男……」

「待ち合わせをしていたようだが、余り親しくはないみたいだな」

長次は、弥七と中年の男の様子を窺い、その拘《かか》わりを読んだ。

何《いず》れにしろ、弥七は中年の男に逢いに入谷から三河町に来たのだ。

中年の男は何処の誰なのか……。

長次は、想いを巡らせた。

飲み屋は賑わった。


半刻《はんとき》(約一時間)が過ぎた。

長次と亀吉は、飲み屋を出て斜向《はす》かいの路地に潜《ひそ》んだ。

「もう直《す》ぐ、弥七たちも出て来るだろう。亀吉は中年の男を追い、何処の誰か突き止めてくれ。俺は弥七を追う」

「合点《がってん》です」

亀吉は頷いた。

僅かな刻《とき》が過ぎた。

「又《また》どうぞ……」

弥七と中年の男が、男衆の威勢の良い声に送られて出て来た。

「じゃあ、甚吉《じんきち》さん、又……」

弥七は、中年の男に笑い掛けて足早に来た道を戻り始めた。

甚吉と呼ばれた中年の男は、吐息を洩《も》らして駿河台《するがだい》の武家屋敷街に向かった。

「じゃあ……」

亀吉は、甚吉を追った。

長次は、弥七が入谷の『照成寺』に戻ると睨み、来た道を足早に戻った。

武家屋敷街には辻行燈が灯《とも》されていた。

甚吉は、三河町から豊後《ぶんご》国府内《ふない》藩江戸上屋敷の横に出て山城《やましろ》国淀《よど》藩江戸上屋敷の門前に進んだ。

亀吉は追った。

甚吉は、淀藩江戸上屋敷の前の錦小路《にしきこうじ》に曲がった。

錦小路には旗本屋敷が連なっていた。

甚吉は、一軒の旗本屋敷脇の路地に入って行った。

亀吉は、暗がり伝いに追った。
甚吉は路地を進み、旗本屋敷の裏門を小さく叩《たた》いた。
「俺だ、甚吉だぜ」
甚吉は、裏門の中に告げた。
裏門が開き、中間《ちゅうげん》が顔を出した。
甚吉は、中間と短く言葉を交わして旗本屋敷内に入った。
中間は、辺りを見廻して裏門を閉めた。
奉公人……。
甚吉は、旗本屋敷の奉公人なのだ。
亀吉は見定めた。
旗本屋敷の主は誰なのか……。
亀吉は、旗本屋敷の表に廻った。
旗本屋敷は、静けさに覆《おお》われていた。
後は親分と長次さんに報《しら》せてからだ……。
亀吉は、浅草駒形町に急いだ。

翌朝。

入谷『照成寺』の境内には、老住職が本堂で読む経《きよう》が響いていた。

平八郎は、長次から報せを貰って入谷『照成寺』にやって来た。

長次が、斜向かいの寺の路地にいた。

平八郎は、読経《どきよう》の響いている『照成寺』を一瞥して長次の許に進んだ。

「照成寺ですか……」

「ええ。本堂の裏の家作にいますよ」

「そうですか……」

平八郎は、『照成寺』を眺《なが》めた。

「弥七、昨夜、三河町に行きましてね。飲み屋で甚吉って旗本屋敷の中年の奉公人と会っていましたよ」

「甚吉って旗本屋敷の中年の奉公人……」

平八郎は眉をひそめた。

「ええ。で、半刻程、酒を飲みながら小声で喋《しやべ》っていましたよ」

「甚吉、どう云う奴なんですかね」

「そいつと、主の旗本が誰かは、親分と亀吉が調べています」

長次は告げた。

「そうですか。それにしても、凶状持の弥七と旗本屋敷の奉公人の甚吉ですか……」

「ええ……」

長次は頷いた。

弥七と甚吉……。

平八郎は、二人の拘わりが気になった。

『照成寺』の老住職の読経は漸《ようや》く終わった。

旗本屋敷の主は、三千石取りの大倉頼母《おおくらたのも》だった。そして、甚吉は大倉屋敷の小者だ。

伊佐吉と亀吉は、切絵図《きりえず》と屋敷の周辺に聞き込みを掛けて見定めた。

「大倉頼母さま、どんな殿さまなんですかね」

亀吉は眉をひそめた。

「うん。先《ま》ずは甚吉とその辺からだな」

伊佐吉は、辺りを見廻した。

斜向かいの旗本屋敷から中間が箒《ほうき》を手にして現われ、表門の前の掃除を始めた。

伊佐吉と亀吉は、掃除を始めた中間に近寄った。

「平八郎さん……」

長次が、『照成寺』を眺めたまま呼んだ。

平八郎は、路地の奥から長次の傍《そば》に進んだ。

菅笠《すげがさ》を目深《まぶか》に被《かぶ》った人足が、『照成寺』から出て来た。

「弥七です」

平八郎は、人足の身体付きや身のこなしから弥七だと見定めた。

「やっぱり……」

長次は、弥七を見守った。

弥七は油断なく辺りを窺い、不審がないと見定めて田畑の間の田舎《いなか》道に向かった。

「長次さん……」

平八郎と長次は、足早に行く弥七を追った。

伊佐吉は、旗本屋敷の中間頭《がしら》に金を握《にぎ》らせて中間長屋の一部屋を借り、武者《むしゃ》窓《まど》から見える大倉屋敷を見張った。

「甚吉かい……」

中間頭は、伊佐吉に渡された金を握り締《し》めて嘲《あざけ》りを浮かべた。

甚吉を馬鹿にしている……。

伊佐吉は、中間頭の腹の内を読んだ。

「ああ、どんな奴なのかな……」

「酒と博奕《ばくち》に眼のねえ野郎でな。ま、何処にでもいる下男だよ」

「何処にでもいる下男か……」

伊佐吉は苦笑した。

何処にでもいる下男ほど、目立たずに主家の様子をじっと見ていられる。

甚吉は、主の大倉頼母や家中の事を詳しく知っているのだ。だとしたら、凶状持の弥七は、甚吉から大倉頼母や家中の事を聞き出しているのかもしれない。

何れにしろ、弥七は旗本大倉頼母を調べているのだ。

旗本三千石大倉頼母……。

「で、頭、大倉頼母さまってのは、どんな人なんだい」

伊佐吉は、話題を変えた。

「大倉の殿さまかい……」

中間頭は苦笑した。

大倉頼母に良い感情を持っていない……。

伊佐吉は読んだ。

「ああ。評判、どうなんだい」

「評判、悪いぜ」

中間頭は嘲笑《ちょうしょう》した。

「へえ、そいつはいろいろありそうだな」

伊佐吉は、面白そうに笑った。

「ああ。偉《えら》そうに天井を向いて歩いているような野郎でな。小判と付届《つけとど》けが大好きだって専《もっぱ》らの噂《うわさ》だよ」

「小判と付届けか……」

「ああ。五年前に小普請組《こぶしんぐみ》支配って御役目に就《つ》いてな……」

「小普請組支配……」

小普請組支配とは、無役の旗本御家人を監督し、御役目に推挙《すいきょ》したりする役目だ。

「ああ。で、役目に就きたい者に何かと付届けを要求してな。そいつが余りにも酷《ひど》くて眼に余るってんで御役御免《ごめん》になったぐらいだぜ」

中間頭は、蔑《さげす》みを浮かべて吐き棄てた。

「へえ。じゃあ、金の亡者《もうじゃ》か……」

「ああ……」

中間頭は頷いた。

「親分……」

武者窓の傍にいた亀吉が、伊佐吉を呼んだ。

伊佐吉と中間頭は、亀吉のいる武者窓の傍に行った。

武者窓の外には大倉屋敷が見えた。そして、総髪で羽織袴《はおりはかま》の武士が佇み、鋭い眼差《まなざ》しで辺りを見廻していた。

「何者だい……」

伊佐吉は、中間頭に訊いた。

「ああ。野郎は黒沢左馬之介《くろさわさまのすけ》って剣術遣《つか》いだ」

中間頭は眉をひそめた。

「剣術遣いの黒沢左馬之介……」

「ああ。半年前、大倉が上州に行って帰って来てから雇った用心棒だ」

「上州……」

伊佐吉は戸惑った。

「ああ。大倉は上州に領地があってな。時々、見廻りに行っているらしいぜ」

「大倉、今年の春、その上州の領地に行き、帰って来てから黒沢を雇ったのか……」

「ああ、きっと領地で悪辣《あくらつ》な真似《まね》をして恨みでも買って、怯《おび》えているんだろうぜ」

中間頭は嘲笑《あざわら》った。

黒沢左馬之介は、大倉屋敷を出て錦小路を神田橋御門《かんだばしごもん》に向かった。

「亀、此のまま見張っていろ」

「はい……」

亀吉は頷いた。

「頭、又来るぜ」

伊佐吉は、中間頭に云って中間長屋を出た。

黒沢左馬之介は、神田橋御門前に出て外濠《そとぼり》沿いの道を常盤橋《ときわばし》御門に向かった。

相手は剣術遣いだ……。

伊佐吉は、慎重に尾行た。

時々、黒沢は立ち止り、背後を窺って尾行者を警戒した。

気付かれてたまるか……。

伊佐吉は嘲笑った。

旗本の大倉頼母は、上州に領地を与えられていた。

弥七が凶状持になったのは、上州板鼻の代官所の牢を破って罪人を逃がしたからだ。

弥七が凶状持になった事と、旗本大倉頼母は拘わりがあるのかもしれない。

伊佐吉は睨んだ。

黒沢左馬之介は、常盤橋御門前を抜けて日本橋《にほんばし》川に架かる一石橋《いちこく》を渡り、袂《たもと》にある蕎麦《そば》屋の暖簾を潜《くぐ》った。

わざわざ駿河台から蕎麦を食べに来た訳じゃあない……。

伊佐吉は睨んだ。

「いらっしゃいませ……」

伊佐吉は、着物の裾《すそ》を下ろして蕎麦屋に入り、小女に迎えられた。

伊佐吉は、盛り蕎麦を頼んで隅に座り、黒沢左馬之介を捜した。

黒沢は、店の奥の衝立《ついたて》の向こうに黒紋付《くろもんつき》羽織の武士と酒を飲んでいた。

伊佐吉は、黒紋付羽織の武士が北町《きたまち》奉行所定町廻《じようまちまわ》り同心《どうしん》の村井《むらい》鉄之助《てつのすけ》だと気付いた。

黒沢と村井は、酒を飲みながら何事かを話し合っていた。

今月の月番は北町奉行所であり、旗本大倉頼母は黒沢に命じ、同心の村井鉄之助から弥七の情報を得ようとしているのだ。

伊佐吉は読んだ。

「お待ちどおさま……」

小女が盛り蕎麦を持って来た。

「おう。美味《うま》そうだ」

伊佐吉は、黒沢と村井を窺いながら蕎麦をすすり始めた。

金龍山《きんりゅうざん》浅草寺門前の浅草広小路は、参拝客や遊山《ゆさん》の客で賑わっていた。

入谷から浅草に出た弥七は、大川《おおかわ》に架かっている吾妻《あづま》橋を渡って本所《ほんじょ》に入った。そして、肥後《ひご》国熊本新田《くまもとしんでん》藩江戸下屋敷脇の道を横川《よこかわ》に向かった。

平八郎と長次は追った。

弥七は、横川に架かる業平橋《なりひらばし》を渡り、押上《おしあげ》村と北十間川《きたじっけんがわ》沿いの道を進んだ。そして、法性寺《ほっしょうじ》脇の横十間川《よこじっけんがわ》に架かっている柳島橋《やなぎしまばし》を渡り、越後《えちご》国村松《むらまつ》藩や陸奥《むつ》国弘前《ひろさき》藩の江戸下屋敷の表門前を抜け、亀戸町《かめいどちょう》に入った。

亀戸町は亀戸天満宮《てんまんぐう》の門前町であり、土産《みやげ》物屋、茶店、甘味屋、料理屋などがあった。

弥七は、板塀《いたべい》を廻《めぐ》らされた料理屋の表に佇み、辺りを油断なく窺った。

平八郎と長次は、物陰から見守った。

弥七は辺りに不審はないと見定め、料理屋『亀清《かめせい》』の板塀沿いを裏に廻って行った。

平八郎と長次は見届けた。

「料理屋亀清ですか……」

長次は、暖簾に染め抜かれた料理屋の屋号を読んだ。

料理屋『亀清』から下足番の老爺《ろうや》が現われ、店の表の掃除を始めた。

「弥七、菅笠に人足の身形《みなり》で来た処を見ると、客として来た訳じゃありませんね」

平八郎は読んだ。

「ええ、亀清の奉公人にでも逢いに来たのかもしれません」

「その辺を調べてみます」

「じゃあ、ちょいと下足番の父《と》っつあんに訊いて来ますよ」

長次は、掃除をしている下足番の老爺を示した。

「それなら私も……」

「いや。平八郎さんは弥七に面が割れています。万が一の事もありますから、此処にいて下さい」

長次は告げ、掃除を終えて店に戻る下足番の老爺を追って板塀の内に入って行った。

平八郎は長次を見送り、路地に入って料理屋『亀清』を見張った。

僅かな刻が過ぎた。

弥七が、料理屋『亀清』の裏から菅笠を被りながら出て来た。

平八郎は、路地に潜んで見守った。

弥七は、菅笠を目深に被って亀戸天満宮に向かった。

長次は、未だ戻らない。

平八郎は追った。

亀戸天神は学問の神様として親しまれ、梅《うめ》や藤《ふじ》の花の名所として名高かった。

弥七は本殿に手を合わせ、心字池《しんじいけ》や二つの太鼓橋《たいこばし》のある庭を眺めた。

平八郎は弥七を窺った。

此のまま見守るか、偶然を装《よそお》って声を掛けるか……。

平八郎は迷った。

もし、声を掛けたとしてどうする……。

平八郎は、迷いを募《つの》らせた。

刹那《せつな》、弥七が平八郎を見た。

隠れる暇《ひま》はなかった。

「やあ……」

平八郎は、咄嗟《とっさ》に笑い掛けた。

弥七は、目深に被っていた菅笠をあげた。

「矢吹の旦那……」

弥七は、驚いたように平八郎を見詰《みつ》めた。

「似ているなと思ったけど、やっぱり弥七さんだったか……」

平八郎は、弥七に近付いた。

「旦那、此処で何を……」

弥七は、平八郎に探る眼差しを向けた。

「ああ。呉服問屋の隠居のお供に雇われて来たんだ」

平八郎は告げた。

「御隠居のお供ですか……」

「うん。御隠居、此の先にある寺の住職の碁敵《ごがたき》でな。勝負が始まって、夕方迄、暇になったって訳だ」

言い繕《つくろ》った……。

平八郎は、己《じぶん》の嘘の上手《うま》さに苦笑した。

「そうなんですか……」

「弥七さんは、仕事か……」

平八郎は尋《たず》ねた。

「えっ、ええ。まあ……」

弥七は、言葉を濁《にご》した。

「ああ、それから弥七さん、いつだったか話した神田明神門前で見掛けた弥七さんに瓜《うり》二つの奴……」

「えっ……」

弥七は、微かな戸惑いを浮かべた。

「そいつ、どうやら凶状持らしいんだ」

平八郎は、弥七の出方を窺いながら告げた。

「凶状持……」

弥七は平静を装い、衝《つ》き上がる動揺を懸命に隠した。

平八郎は見逃さなかった。

「ああ、上州で代官所の牢を破り、罪人を逃がした奴だそうだ」

平八郎は畳《たた》み掛けた。

「そ、そうなんですか……」

弥七は、動揺を隠して懸命に惚《とぼ》けた。

「うん。代官所の役人を斬り殺してな。それで凶状持になった極悪非道な獣《けもの》だ」

平八郎は蔑《さげす》んでみせた。

「矢吹の旦那……」

弥七は、微かな怒りを過《よぎ》らせた。

「何だ……」

平八郎は、弥七が本音を見せるのを待った。

「い、いえ……」

弥七は躊躇《ためら》い、揺れた。

もう少しで本音を引き出せる……。

平八郎は睨み、挑発した。

「ま、弥七さんは瓜二つだ。そんな極悪非道な獣に間違われないように……」

「違います……」

弥七は、思わず遮った。

「違う……」

平八郎は眉をひそめた。

「は、はい……」

弥七は、己の迂闊《うかつ》さを悔《く》やむかのように平八郎から眼を逸《そ》らした。

挑発に乗った……。

平八郎は、腹の内で北叟笑《ほくそえ》んだ。

「弥七さん、何が違うんだ……」

「いえ。そいつが代官所の役人を斬って牢を破ったのは、きっとそれなりの訳があっての事だと思って……」

弥七は言い繕った。

「それなりの訳……」

平八郎は眉をひそめた。

「はい……」

弥七は頷いた。

「弥七さん、何か知っているのか……」

上州の代官所の牢破りの真相が分かる……。

平八郎は、弥七を見据えた。

「えっ、いえ……」

弥七は我に返った。

「矢吹の旦那、あっしは仕事がありますので、御免なすって……」

弥七は、慌《あわ》てて誤魔化《ごまか》し、素早く身を翻《ひるがえ》して逃げるように駆け去った。

「弥七さん……」

平八郎は、追い掛けようとした。

長次が植込みの陰から現われ、平八郎を一瞥して弥七を追った。

平八郎は、弥七の尾行を長次に任せた。

後一歩だった……。

平八郎は、悔しさを覚えながら長次を追った。

亀戸天神は、参拝を終えて庭を散策する人たちが行き交っていた。

三

入谷の寺町には、物売りの声が長閑《のどか》に響いていた。

平八郎は、長次の後ろ姿を遠くに見ながら進んだ。

長次の先には、亀戸から戻って来た弥七がいる。

平八郎は長次を追った。

やがて、『照成寺』が見えて来た。

平八郎は、『照成寺』の向かい側の路地に長次がいるのを見定めた。

弥七は、『照成寺』の家作に戻ったのだ。

平八郎は読み、長次の許に進んだ。

「帰って来ましたね」

平八郎は、『照成寺』を眺めた。

「ええ。どうやら弥七、亀戸の料理屋亀清のおとせって名前の台所女中に逢いに行ったようですぜ」

長次は、料理屋『亀清』の老下足番たちに聞き込みを掛けて分かった事を告げた。

「台所女中のおとせ……」

平八郎は眉をひそめた。

「ええ……」

「おとせ、弥七とはどんな拘わりなんですかね……」

「弥七、従弟《いとこ》だと云って、おとせに逢いに来たそうですよ」

「従弟ですか……」

弥七は、二十五歳を過ぎている。

おとせがその弥七の従姉《いとこ》だとなると、三十歳近い女だと思えた。

「で、弥七、何しにおとせに逢いに行ったのですかね」

「そこ迄は未だ……」

長次は苦笑した。

弥七は、従姉のおとせに何の用があって訪れたのか……。

おとせは、従弟の弥七が代官所の牢を破って凶状持になったのを知っているのか……。

そして、弥七とおとせは本当に従姉弟《いとこ》なのか……。

平八郎の疑念は募った。

凶状持の弥七が探っている旗本は、三千石取りの元小普請組支配の大倉頼母だった。

「大倉頼母……」

平八郎は眉をひそめた。

「ええ。そいつが上州に領地を与えられていて、半年前に行って来たそうなんだが、帰って来たから、何故か剣術遣いを用心棒として雇った」

伊佐吉は苦笑した。

「用心棒……」

平八郎は、厳しさを過らせた。

「ああ。黒沢左馬之介って奴だ」

「剣術遣いの黒沢左馬之介か……」

「黒沢の野郎、北町奉行所の定町廻り同心の村井鉄之助と通じていてな。凶状持の弥七の動きを教えて貰っているんだぜ」

「成る程。で、親分、大倉頼母の上州の領地ってのは、板鼻界隈か……」

「きっとな……」

伊佐吉は頷いた。

「じゃあ、領民を無礼討ちにした旗本ってのは、大倉頼母か……」

「おそらくな。で、無礼討ちにされた領民に拘わりのある者が、自分に恨みを晴らそうとしているのを知り、板鼻代官所に捕《と》らえて貰い、早々に江戸に逃げ帰って来た」

伊佐吉は読んだ。

「そして、弥七が板鼻代官所を襲い、役人たちを斬り棄て、捕らえられていた者を牢から助け出して逃げた……」

平八郎は頷いた。

「うん。それで大倉頼母は、弥七の代官所の牢破りを知り、恨みを晴らしに来るのを恐れ、剣術遣いの黒沢左馬之介を用心棒に雇った。ま、そんな処だな」

「ああ。肝心なのは、旗本の大倉頼母がどうして領民を無礼討ちにしたのかだ」

平八郎は眉をひそめた。

「うん。そいつを知る手立てがないか、明日にでも高村さまに相談してみるぜ」

高村源吾は、伊佐吉に手札《てふだ》を与えている南町奉行所定町廻り同心だ。

「頼む」

「それで、弥七はどうした……」

「今、長次さんが見張っているんだが、昼間、亀戸の亀清って料理屋に行ってな……」

平八郎は、弥七が料理屋『亀清』で台所女中をしているおとせと云う従姉に逢いに行った事を告げた。

「従姉のおとせか……」

伊佐吉は眉をひそめた。

「ああ、何しに行ったのかは分からないがな」

「そうか……」

「それにしても、弥七が旗本の大倉頼母をいつ何処《どこ》で襲うかだ」

「うん。たった一人で屋敷に斬り込む筈はないだろうしな」

伊佐吉は読んだ。

「親分。弥七、大倉屋敷の下男に探りを入れていたな」

平八郎は、弥七が大倉屋敷の下男から大倉頼母の動きを訊き出していると睨んだ。

「そうか。よし、大倉屋敷の下男の甚吉を締《し》め上げてみるか……」

伊佐吉は冷たく笑った。

「ああ……」

平八郎は頷いた。

その夜、平八郎と長次は、入谷『照成寺』を見張った。

弥七は、『照成寺』の家作に入ったまま出掛ける事はなかった。

旗本大倉屋敷は、家来たちがそれなりの警戒をしていた。

伊佐吉と亀吉は、斜向かいの旗本屋敷の中間長屋から見張り続けた。

大倉屋敷の裏手に続く路地から、中年の小者が出て来た。

「親分、甚吉です……」

亀吉が伊佐吉に告げた。

甚吉は、夜道を淀藩江戸上屋敷の方に向かった。

「よし……」

伊佐吉と亀吉は、旗本屋敷の中間長屋を出て甚吉を追った。

大倉屋敷の下男の甚吉は、淀藩江戸上屋敷の前を通って三河町に向かった。

「甚吉の奴、酒を飲みに行く気ですぜ」

亀吉は睨んだ。

「ああ。それにしても下男に脱《ぬ》け出される警戒とはな……」

伊佐吉は、大倉屋敷の締まりのない警戒と家来たちに呆《あき》れた。

甚吉は、三河町四丁目に進んだ。


三河町四丁目の飲み屋には明かりが灯され、多くの客で賑わっていた。

甚吉は、舌嘗《したな》めずりをして飲み屋の暖簾を潜ろうとした。

「甚吉さん……」

伊佐吉と亀吉が、甚吉に駆け寄った。

甚吉は、駆け寄る伊佐吉と亀吉を怪訝《けげん》に振り返った。

「お前さん、旗本の大倉さまの御屋敷の下男の甚吉さんだね」

伊佐吉は笑い掛けた。

「あ、ああ……」

甚吉は、見ず知らずの伊佐吉と亀吉に名前を呼ばれて戸惑った。

「良いのかい。屋敷を脱け出して酒なんか飲みに来て……」

伊佐吉は、薄笑いを浮かべた。

「えっ……」

「ちょいと訊きたい事がある。一緒に来て貰おうか……」

伊佐吉は、懐《ふところ》から十手《じって》を出して突き付けた。

「お、親分さん……」

甚吉は怯えた。

「さあ……」

亀吉は、甚吉の背を押した。

抗《あらが》い、騒ぎ立てれば大倉屋敷に知れ、夜な夜な屋敷を脱け出して酒を飲みに来ていた事が露見する。

甚吉は、よろめきながら進んだ。

鎌倉河岸《かまくらがし》の水面《みなも》には月影が映《は》えていた。

伊佐吉と亀吉は、荷揚場《にあげば》の石段の下に甚吉を引き据えた。

甚吉は、恐怖に震《ふる》えた。

「甚吉さん、お前さん、弥七って奴を知っているね」

伊佐吉は尋ねた。

「へ、へい……」

甚吉は、喉《のど》を引き攣らせて頷いた。

「で、弥七に殿さまの大倉頼母さまの事を訊かれたな」

「へい。出掛けるのはいつだと……」

甚吉は、嗄《かす》れ声を震わせた。

弥七は、やはり下男の甚吉から大倉頼母の動きを訊き出していた。

「で……」

伊佐吉は、甚吉を促《うなが》した。

「十五日が五年前に亡くなられた御母上様の命日なので、菩提寺《ぼだいじ》にお墓参りに行くと……」

甚吉は、震える嗄れ声で告げた。

「十五日に墓参りだと……」

「へい……」

「十五日って、明後日《あさって》ですよ」

亀吉は眉をひそめた。

「ああ。で、甚吉さん、大倉家の菩提寺は何処の何て寺だい」

「牛込通寺町《うしごめとおりてらまち》の長福寺《ちようふくじ》です」

甚吉は、吐息混《ま》じりに告げた。

「通寺町の長福寺……」

十五日、旗本大倉頼母は牛込通寺町の『長福寺』に母親の墓参りに行く。伊佐吉は知った。そして、それは凶状持の弥七も知っているのだ。

「親分さん……」

甚吉は、伊佐吉に縋《すが》る眼差しを向けた。

「その事、弥七に教えたんだね」

「へい……」

甚吉は項垂《うなだ》れた。

「分かった。甚吉さん、好きな酒が命取りになる事もあるんだ。今夜はもう大倉屋敷に帰り、何もかも忘れて寝るんだな」

伊佐吉は、甚吉に笑い掛けた。

「親分さん……」

「そいつが、お前さんの身の為だ。分かるね」

「へい……」

「じゃあ、行きな……」

伊佐吉は、甚吉を解放した。

甚吉は、伊佐吉と亀吉に深々と頭を下げて鎌倉河岸から立ち去った。

「親分……」

亀吉は、甚吉を尾行るかと目顔《めがお》で訊いた。

伊佐吉は頷いた。

亀吉は、甚吉を追った。

伊佐吉は見送った。

鎌倉河岸の水面に魚が跳《は》ね、広がる波紋が映える月影を揺らした。

亀戸天神門前町の料理屋『亀清』は、開店前の仕込みや掃除に忙しかった。

平八郎は、老下足番に小粒《こつぶ》を握らせて台所女中のおとせがどの女か訊いた。

「お侍《さむらい》は……」

老下足番は小粒を握り締め、胡散《うさん》臭そうに平八郎を見た。

「ああ。おとせさんの従弟の弥七と親しくしている者でな。弥七の事でちょいとな」

平八郎は誤魔化した。

「そうかい。ま、良いさ……」

老下足番は笑い、握り締めていた小粒を懐に仕舞った。

老下足番は、平八郎を裏の井戸端に連れて行き、野菜を洗っている台所女中を示した。

「おとせか……」

「ああ……」

老下足番は頷いた。

平八郎は、おとせを窺った。

井戸端で野菜を洗っているおとせは、色の白い三十歳ぐらいの女だった。

「うちに来て未だ半年もならねえんで、住込みの台所女中をしているけど、仲居にしてお客の前に出しても良い器量《きりよう》だぜ」

老下足番は眼を細めた。

「うん……」

平八郎は、野菜を洗うおとせの横顔が何処となく従弟の弥七に似ているように思えた。

「ちょいと話をしたいんだがな」

「今は無理だが、もう直《す》ぐ、仕込みも終わって開店前の一休みでな。おとせ、いつもその時、天神様に御参りに行くぜ」

老下足番は笑った。

おとせは、亀戸天神に手を合わせて参拝を終え、参道を戻った。

「弥七の事でも祈ったのかな……」

平八郎は、擦《す》れ違い態《ざま》に囁《ささや》いた。

おとせは驚き、身構えた。

「おとせさんだね。私は弥七の日雇い仲間の矢吹平八郎と云う者だ」

平八郎は、笑顔で名乗った。

「矢吹平八郎さま……」

「うん。弥七について訊きたい事がある」

平八郎は、おとせを心字池の畔《ほとり》に誘った。

おとせは続いた。

心字池には蜻蛉《かげろう》が舞っていた。

「おとせさんは弥七と従姉弟だと聞いたが、本当なのか……」

「はい。弥七は私の弟のようにして育った者です……」

「そうですか。ならば、弥七が板鼻の代官所の役人を斬り、牢を破って罪人を助け出し、逃げたのは知っているね」

平八郎は、おとせを見詰めて告げた。

「はい……」

おとせは驚きもせず、硬い面持ちで頷いた。

「そいつは、領主の旗本、大倉頼母が領民を無礼討ちにしたのを親兄弟が恨み、仕返しをしようとしたのを代官所が知り、牢に入れたからだと聞いたが……」

「まことに御座《ござ》います」

おとせは、平八郎を見詰めた。

「まことか……」

平八郎は見返した。

「はい。悪いのは罪のない領民を無礼討ちにした領主の大倉頼母、それに金を貰って云いなりになった代官です」

おとせは、平八郎を見詰めて怯《ひる》まずに云い放った。

「そうか……」

おとせの云う事に間違いはない……。

平八郎は、おとせを信じた。

「それでおとせさん、大倉に無礼討ちにされた領民と弥七はどのような拘わりなのだ」

「無礼討ちにされて無惨に死んだ領民の房吉《ふさきち》は、私の夫です」

おとせは、悔しさと哀しさを交錯させた。

「おとせさんの夫……」

平八郎は驚いた。

「はい。無礼討ちにされたのは、弥七の従姉の夫……」

「義理の兄貴のようなものか……」

平八郎は、弥七が凶状持ちになって迄も旗本大倉頼母の命を狙う理由が分かった。

「はい……」

「して、弥七が代官所の牢から助けた親兄弟と云うのは……」

隣りの寺の鐘が、午《うま》の刻九つ（正午）を告げた。

「矢吹さま、私は亀清に戻らなければなりません。失礼します」

おとせは我に返り、小走りに鳥居に向かった。

これ迄だ……。

平八郎は、おとせを見送った。

「そうですか、大倉頼母に無礼討ちにされたのは、おとせの亭主だったのですか……」

長次は、入谷『照成寺』を見張りながら平八郎の話を聞いた。

「ええ。弥七にとっては、姉のように慕《した》っている従姉のおとせの亭主。義理の兄貴のようなものです」

「凶状持になってでも、大倉頼母の命を獲《うば》って恨みを晴らしますか……」

長次は読んだ。

「きっと……」

平八郎は頷いた。

「そうですか。さっき、親分が来ましてね」

「大倉屋敷の下男を締め上げたのかな……」

平八郎は読んだ。

「ええ。昨夜、大倉屋敷を脱け出して、酒を飲みに行った処を押《お》さえたそうですよ」

長次は苦笑した。

「弱味を握りましたか……」

「ええ。それで、いろいろ訊き出したそうでしてね。大倉頼母、明日、十五日が母親の命日で、牛込通寺町の長福寺に墓参りに行くそうですよ」

「明日、通寺町の長福寺に墓参り……」

「ええ……」

「弥七が動くのは、その時ですか……」

平八郎は、厳しい面持ちで『照成寺』を見据えた。

四

南町奉行所の同心詰所は、定町廻りと臨時廻《りんじまわ》りの同心たちの殆《ほとん》どが見廻りに出掛け、閑散《かんさん》としていた。

「御免なすって……」

伊佐吉は、同心詰所に入った。

「おう。来たか……」

定町廻り同心の高村源吾が奥から出て来た。

「高村の旦那、何か分かりましたでしょうか……」

伊佐吉は訊いた。

「うむ。ま、腰掛けるといい……」

高村は、土間の大囲炉裏《いろり》の傍の腰掛を伊佐吉に勧《すす》めた。

「はい……」

伊佐吉は、腰掛に腰を下ろした。

「例の大倉頼母の無礼討ちだがな……」

高村は、茶を淹《い》れながら話し始めた。

「はい……」

「斬った相手は、大倉の領地に住んでいる房吉って大百姓だそうだ」

「房吉って大百姓……」

「ああ……」

高村は、淹れた茶の一つを伊佐吉に差し出した。

「こいつは畏《おそ》れ入ります。戴《いただ》きます」

伊佐吉は、高村に頭を下げて茶を飲んだ。

「それで、無礼討ちにした理由なのだが、大倉頼母が領内見廻りで房吉の家に立ち寄った時、房吉が血迷い、大倉に斬り掛かった。それで大倉が無礼討ちにしたそうだ」

高村は、茶を飲みながら告げた。

「房吉が血迷って……」

伊佐吉は眉をひそめた。

「尤《もっと》もその場にいたのは、大倉頼母と房吉の二人だけでな。何事も大倉の証言だけで、何処迄本当なのか……」

高村は、旗本の大倉頼母を信用していないのか、嘲りを浮かべた。

「高村の旦那。じゃあ、大倉さまの命を狙《ねら》って代官に捕らえられた親兄弟ってのは……」

「そいつが、無礼討ちにされた房吉の女房だそうだ」

「女房……」

伊佐吉は眉をひそめた。

「ああ。女房が亭主の恨みを晴らそうと大倉頼母の命を狙い、そいつを知った板鼻代官がお縄にして牢に入れたそうだ」

「女房の他には……」

「いや。女房一人だそうだ」

「じゃあ、弥七が牢を破って助けたのは、房吉の女房だけですか……」

代官所が捕らえたのは、房吉の親兄弟ではなく女房一人だった。

伊佐吉は困惑した。

「そう云う事になるな……」

高村は苦笑した。

「高村の旦那、女房一人で大倉さまの命を狙いますかね」

伊佐吉は首を捻った。

「大倉頼母は二人の家来と三人の小者を従えていたそうだ。仮に女房が剣の遣い手だとしても、あり得ねえな」

高村は読んだ。

「って事は、何か裏がありますか……」

伊佐吉は、厳しさを過らせた。

上州板鼻代官所の牢には、無礼討ちにされた大百姓の房吉の女房おとせしか捕らえられていなかった。

「おとせ……」

平八郎は、板鼻代官所に捕らえられていた房吉の親兄弟が女房のおとせ一人だと知り、眉をひそめた。

「ああ……」

伊佐吉は頷いた。

「どう云う事だ」

平八郎は困惑した。

「良く分からねえが、高村の旦那は、大倉頼母が房吉に無理難題を吹っ掛けたが、手厳しく撥《は》ね付けられ、怒り狂って思わず斬ったんじゃあねえかとな……」

「で、無礼討ちにしたと言い繕ったか……」

平八郎は読んだ。

「ああ……」

「無理難題か……」

「そいつが何か知っているのは、おそらく斬った大倉と斬られた房吉だけ……」

「それにおとせだ」

平八郎は気付いた。

「おとせ……」

伊佐吉は眉をひそめた。

「ああ。おとせも無理難題が何か知っているのだ。だから大倉は、代官に金を握らせて捕らえさせ、口を封じようとした……」

平八郎は読んだ。

「処が一足先に弥七が牢を破り、連れて逃げたか……」

「よし。おとせに逢ってみよう……」

平八郎は、亀戸天神門前町の料理屋『亀清』に走った。

亀戸天神門前町の料理屋『亀清』の表では、女将と仲居、そして老下足番が客を見送っていた。

平八郎は、女将と仲居が店に戻ったのを見計らって老下足番に駆け寄った。

「父っつあん……」

「おう、お侍……」

老下足番は戸惑った。

「おとせさんを呼んでくれないか……」

「そいつは駄目だ」

老下足番は眉をひそめた。

「何故だ」

「おとせさん、亀清を辞《や》めて出て行っちまったんだよ」

「辞めた……」

平八郎は驚いた。

「ああ……」

老下足番は頷いた。

「おとせさん、亀清を辞めたのか……」

平八郎は困惑した。

「お侍、辞めるように仕向けたんじゃあないだろうな」

老下足番は、平八郎を胡散臭げに見た。

「冗談じゃあない。で、おとせさん、亀清を辞めて何処に行ったんだ」

「知らないよ。そんな事……」

「女将さんや朋輩《ほうばい》もか……」

「ああ。女将さんは急に辞められてお冠《かんむり》だぜ」

「そうか……」

おとせは、料理屋『亀清』の台所女中を辞めて姿を消した。

何があったのだ……。

平八郎は、亀戸天神に手を合わせていたおとせを思い出した。

明日、弥七は墓参りに行く旗本大倉頼母の命を狙う筈だ。

おとせは、弥七の大倉襲撃に加わるつもりなのか……。

何れにしろ、おとせが料理屋『亀清』を辞めて姿を隠したのは、弥七の大倉襲撃の企てに拘わりがあるのだ。

平八郎は、老下足番に礼を云って入谷『照成寺』に急いだ。

入谷『照成寺』に変わった事はなかった。

弥七は家作から動く事もなく、おとせも来ていなかった。

「おそらく明日、おとせも大倉家の菩提寺の牛込通寺町の長福寺に現われますよ」

長次は読んだ。

「何事も明日ですか……」

平八郎は頷いた。

「きっと。それで平八郎さん、明日、どうするつもりですか……」

長次は眉をひそめた。

「無礼討ちにした理由と、事と次第によりけりです」

平八郎は笑った。

「じゃあ、凶状持の弥七に味方して、旗本の大倉頼母を……」

長次は、平八郎の出方を窺った。

「斬り棄てる事もあるでしょう」

平八郎は、不敵《ふてき》に云い放った。

夕陽は上野《うえの》の山陰《やまかげ》に沈み始めた。

駿河台錦小路にある大倉屋敷は、表門を開けて掃除を終えた。

巳《み》の刻四つ（午前十時）。

武家駕籠《かご》が供侍と小者たちを従え、大倉屋敷の表門から出て来た。そして、錦小路を淀藩江戸上屋敷に向かった。

用心棒の黒沢左馬之介は、駕籠脇《わき》に付いて辺りを油断なく窺って進んだ。

伊佐吉と亀吉が、斜向かいの旗本屋敷から出て来た。

「駕籠脇に用心棒の黒沢左馬之介が付いているとなると、乗っているのは大倉頼母さまに間違いありませんよ」

亀吉は睨んだ。

「うむ。行くぞ……」

伊佐吉と亀吉は、武家駕籠一行を追った。

武家駕籠の一行は、淀藩江戸上屋敷の門前を西に曲がり、表猿楽町《おもてさるがくちよう》の通りに進んだ。

「水道橋《すいどうばし》に出て神田川沿いの道を牛込に行くんですかね」

「それとも、小川町《おがわまち》界隈を抜けて牛込御門に行くかだ……」

亀吉と伊佐吉は、武家駕籠一行の道筋を読んだ。

菅笠を被った人足が、巻いた筵《むしろ》や野菜を入れた竹籠《かご》を背負って『照成寺』から出て来た。

弥七だ……。

平八郎と長次は、物陰から見守った。

弥七は、辺りを鋭い眼差しで見廻して『照成寺』の山門から離れ、足早に下谷広小路に向かった。

平八郎と長次は尾行た。

旗本大倉家の菩提寺『長福寺』は、牛込通寺町にある。

下谷広小路から湯島天神裏、本郷《ほんごう》、小石川《こいしかわ》、小日向《こひなた》を抜け、西に進むと牛込通寺町に出る。

平八郎と長次は、弥七の行く道筋を読んだ。

弥七は、下谷広小路の雑踏《ざっとう》を足早に抜けて行く。

その足取りには、迷いや躊躇《ためら》いは感じられなかった。

覚悟は決まっている……。

平八郎は、弥七の足取りに覚悟を見た。

外濠に架かっている牛込御門前神楽坂《かぐらざか》を上がった先に通寺町はあり、大倉家菩提寺である『長福寺』があった。

住職たちの読経が『長福寺』の本堂に響き渡り、大倉頼母は母親の霊に手を合わせた。

黒沢左馬之介は、本堂の入口近くに控《ひか》えて油断なく辺りを警戒していた。

伊佐吉と亀吉は、住職たちの読経が洩れてくる本堂を眺めた。

本堂の前には、大倉の家来たちが警戒をしていた。

住職たちの経も終わり、大倉頼母たちは『長福寺』裏手の墓地に向かった。

伊佐吉と亀吉は追った。


大倉家代々の墓は、『長福寺』の墓地の奥にあった。

大倉頼母は、古い苔生《こけむ》した大倉家代々の墓に線香を手向《たむ》け、手を合わせた。

住職が、再び経を唱《とな》え始めた。

黒沢と家来たちは、離れた処から警戒を続けた。

小日向から江戸川を渡った弥七は、牛込水道町《すいどうちょう》に進んで通寺町に出た。

大倉家菩提寺の『長福寺』があった。
竹籠を背負った弥七は、『長福寺』の門前に佇み、菅笠をあげて境内を窺った。
境内の隅に武家駕籠があり、駕籠舁《かき》と小者たちが控えていた。
大倉頼母は墓地で墓参りをしている……。
弥七は、『長福寺』の裏手に向かった。
平八郎と長次は追った。
弥七は、『長福寺』の墓地に続く裏門の前に潜んだ。
裏門は、墓参りの者の為に開けられていた。
弥七は墓地を窺った。
平八郎と長次は、物陰に潜んで見守った。
伊佐吉と亀吉がやって来た。
「睨み通りだな……」
伊佐吉は囁いた。
「うん。寺は寺社奉行の支配。長福寺の中での事は任せて貰おう」
平八郎は告げた。

「ああ。坊主が報《しら》せに走らないようにするぜ」

伊佐吉は苦笑した。


住職の経も終わり、大倉頼母の墓参りは終わった。

「お疲れさまにございました。では大倉さま、お斎《とき》でも……」

住職は、大倉をお斎に誘《いざな》った。

「左様か、ならば……」

大倉は、住職に導かれて座敷に向かった。

黒沢と家来たちが続いた。


墓地を出ると裏門があり、庫裏《くり》や母屋《おもや》を囲う内塀が廻されていた。

住職は、大倉を内塀の木戸に誘った。

内塀の木戸を入ると庭になり、母屋の座敷が連《つら》なっていた。

裏門から入って来た弥七が、慌てた風情で竹籠を下ろして土下座した。

大倉は、土下座した弥七を一瞥する事もなく、住職に誘われて木戸に進んだ。

刹那、弥七は竹籠の巻いた筵の中から長脇差《ながわきざし》を出し、猛然と大倉に突進した。

「大倉頼母……」

弥七は、大倉の前に立ちはだかった。

大倉は驚き、後退した。

黒沢が地を蹴《け》った。

弥七は、長脇差を抜いて大倉に斬り付けた。

大倉は、倒れ込んで辛《かろ》うじて躱《かわ》した。

「板鼻の大百姓房吉の仇《かたき》……」

弥七は怒鳴り、倒れた大倉に斬り掛かろうとした。

「下郎《げろう》……」

飛び込んで来た黒沢が抜き打ちの一刀を放ち、弥七の長脇差を打ち払った。

「邪魔するな」

弥七は、大倉を庇《かば》う黒沢に斬り掛かった。

黒沢は、鋭い太刀筋《たちすじ》で押した。

弥七は後退し、黒沢が剣の鋭さを知った。

「馬庭念流か……」

黒沢は、嘲笑を浮かべた。

弥七は僅かに怯んだ。

大倉は、家来たちに助けられて裏門に逃げた。

平八郎が現われ、裏門を塞《ふさ》いだ。

大倉と家来たちは怯んだ。

「斬れ、斬り棄てろ……」

大倉は、嗄れ声を引き攣らせて家来たちに命じた。

家来たちは、平八郎に斬り掛かった。

平八郎は、刀を抜いて峰に返し、家来たちを鋭く叩き伏せた。

「く、黒沢……」

大倉は、悲鳴のように叫んだ。

黒沢は、弥七に鋭い一刀を浴《あ》びせた。

弥七は、身を投げ出して必死に躱した。

黒沢は大倉に駆け寄って庇い、平八郎に対峙《たいじ》した。

「や、矢吹の旦那……」

弥七は、平八郎が現われたのに戸惑った。

「大倉。何故、板鼻の大百姓房吉を無礼討ちにしたのだ」

平八郎は、黒沢の背後に潜んでいる大倉を見据えた。

「黙れ、房吉は無礼を働いたから斬り棄てた迄、無礼討ちだ」

大倉は云い放った。

「違います」

おとせが現《うろた》われた。

大倉は狼狽えた。

「大倉頼母さまは、御公儀に納める年貢の一部を秘《ひそ》かに横流しし、その代金を渡せと房吉に命じたのです。房吉は驚き、御法度《ごはっと》破りは出来ぬと断りました。そうしたら、大倉さまは怒り、房吉を無礼討ちにしたのです」

おとせは、怒りに震えながら大倉頼母を糾弾《きゅうだん》した。

「そして、代官に頼んで事情を知っているおとせさんを捕らえ、口を封じようとしたか……」

平八郎は、厳しい眼差しで大倉を見据えた。

「黙れ……」

黒沢は、平八郎を遮るかのように斬り掛かった。

平八郎は踏み込み、横薙《な》ぎの一閃《いっせん》を鋭く放った。

黒沢は、咄嗟に跳び退《の》いた。
平八郎は、尚も踏み込んで刀を閃《ひらめ》かせた。
黒沢は、後退しながらも必死に体勢を整えようとした。
平八郎は、間合いを一気に詰め、容赦のない一刀を放った。
黒沢は、大きく仰《の》け反《ぞ》った。
平八郎は、横薙ぎに斬り付けた。
黒沢は、腹を斬られて凍て付《い》いた。
平八郎は残心《ざんしん》の構えを取った。
黒沢は、着物を血に染め、悔しげに顔を歪《ゆが》めて倒れた。
大倉頼母は逃げた。
弥七は追い縋り、大倉の背を袈裟《けさ》懸《が》けに斬った。
大倉は、斬られて仰け反った。
おとせが匕首《あいくち》を構えて、仰け反った大倉に体当たりをした。
大倉は凍て付いた。
「ふ、房吉の仇……」
おとせは、涙に声を震わせて大倉から離れた。

大倉頼母は、顔を醜《みにく》く歪めて崩れ落ちた。

「おとせ姉《ねえ》……」

「弥七ちゃん、大倉を殺したのは私、お前は早く逃げなさい」

「おとせ姉、俺が斬ったんだ。だから……」

おとせと弥七は庇い合った。

「弥七……」

平八郎は呼び掛けた。

「矢吹の旦那……」

弥七は、平八郎に頭を下げた。

「おとせさんを連れて逃げろ」

平八郎は告げた。

「矢吹さま……」

おとせと弥七は戸惑った。

「事情は良く分った。悪いのは旗本の大倉頼母だ。後は何とかする。早々におとせさんを連れて江戸から立ち去れ」

「矢吹の旦那……」

「弥七、今はおとせさんを無事に江戸から逃すのが一番だ。その後、お前がどうするかは、お前自身が決めろ」

「はい。じゃあ、おとせ姉……」

「矢吹さま……」

「おとせさん、お前さんが無事でいてくれなければ、弥七が凶状持になった甲斐《かい》がない」

平八郎は微笑んだ。

「ありがとうございます」

おとせは、溢《あふ》れる涙を拭《ぬぐ》って平八郎に深々と頭を下げた。

「じゃあ、矢吹の旦那……」

「ああ。早く行け」

平八郎は促した。

弥七は、おとせを連れて足早に裏門を出て行った。

平八郎は、弥七とおとせを見送った。

伊佐吉が入って来た。

「見事な仇討《あだうち》だったな」

「うん……」

平八郎は、長次と亀吉が一緒でないのに戸惑った。

「長さんと亀吉は、弥七とおとせさんが無事に江戸を出るかどうか、見届けに行ったぜ」

「そうか……」

「ああ。弥七、戻って来るかな……」

「親分、大倉頼母の悪行を暴けば、戻って来る必要もあるまい」

「分かった。高村の旦那と結城《ゆうき》さまにお願いしてみるか……」

結城とは、南町奉行所吟味方与力《ぎんみがたよりき》の結城半蔵《はんぞう》の事であり、悪事に厳しい剛直な人柄として知られている人物だ。

「頼む……」

平八郎は、伊佐吉に深々と頭を下げた。

弥七とおとせは、牛込から内藤新宿《ないとうしんじゅく》に行き、甲州《こうしゅう》街道を無事に旅立った。

長次と亀吉は、弥七とおとせの出立《しゅったつ》を見届けて戻って来た。

大倉家は、当主頼母の死を病《やまい》によるものだと公儀に届け、何もかも闇に葬《ほうむ》った。

結城半蔵は、事の次第を旗本を監察支配する目付《めつけ》に報せた。

目付は、勘定奉行と共に死んだ大倉頼母の所業《しよぎよう》を調べ始めた。

朝。

平八郎は長屋の家を飛び出し、木戸の地蔵尊に手を合わせ、その頭をさっと一撫《な》でして駆け出して行った。

地蔵尊の頭は、日差しを受けて光り輝いていた。

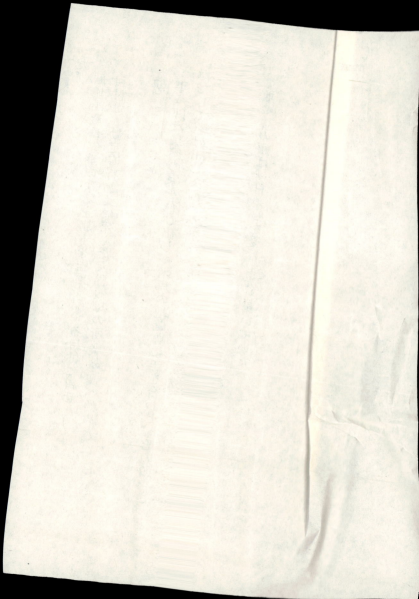

第三話　忍《しの》び恋

一

出涸《でがら》し茶は温《ぬる》くて不味《まず》かった。

平八郎は、口入屋『萬屋』主の万吉の出してくれた茶を飲み下した。

万吉が茶を出してくれる時は、陸《ろく》でもない仕事が多い。

「で、どんな仕事かな……」

平八郎は、万吉の狸面《たぬきづら》を見詰《みつ》めた。

「なあに、平八郎さんには、どうって事のない仕事ですよ」

万吉は狸面を綻《ほころ》ばせた。

「そうかあ……」

平八郎は、万吉に疑いの眼差《まなざ》しを向けた。

「ま、二日一朱《いっしゅ》の割りの良い仕事ですが、断りますか……」

万吉は、平八郎に狡猾《こうかつ》な眼を向け、切り札を突き付けた。

此迄《これまで》だ……。

「いや、是非《ぜひ》には及ばぬ。引き受けるが、どんな仕事だ」

所詮《しょせん》、金の力には敵《かな》わない……。

平八郎は、勿体振《もったいぶ》って万吉の軍門《ぐんもん》に下った。

「御家人の後家《ごけ》さんが日頃、何をしているのか、取《と》り敢《あ》えず二日、調べて下さい」

「御家人の後家さん……」

平八郎は戸惑った。

「ええ。下谷は練塀《ねりべい》小路に御屋敷のある立花恭一郎《たちばなきょういちろう》さまの御母堂園江《ごぼどうそのえ》さまです」

「園江さま……」

「ええ。立花家は去年、先代が病で亡くなられ、現在は一人息子恭一郎さまが跡《あと》目《め》を継がれていましてね。園江さまはその御母堂さまですよ」

「その御母堂の園江さまが日頃、何をしているのか何故《なにゆえ》、調べるのだ」

「さあ、そいつは頼んで来た方しか……」

「ならば、頼んで来た雇《やと》い主は誰なのだ」

「平八郎さん、そいつは云《い》わぬ約束でしてね」

万吉は笑った。

笑顔は一段と狸面になった。

「そうか、云わぬ約束か……」

平八郎は吐息を洩《も》らした。

「ええ。では、お給金を前渡しで……」

万吉は、一朱銀《いっしゅ》を一つ、盆《ぼん》に載せて差し出した。

「分かった」

平八郎は、盆の上の一朱銀を取って握《にぎ》り締《し》めた。

下谷練塀小路は、口入屋『萬屋』から遠くはない。

平八郎は、口入屋『萬屋』を出て明神下の通りから東に進み、御成街道に出た。そして、御徒町《おかちまち》に入り、下谷練塀小路に向かった。

年増《としま》の後家が、毎日何をしているのか調べてどうするのか……。

後家の毎日に何かが潜《ひそ》んでいるのか……。

そして、誰が後家の毎日を調べるように頼んできたのか……。

平八郎は、後家と頼んだ者の拘《かか》わりに首を捻《ひね》りながら御徒町を進んだ。

御徒町には徒《かち》組の御家人たちの組屋敷が連《つら》なり、物売りの声が長閑《のどか》に響いていた。

平八郎は、土と瓦《かわら》で作られた武家屋敷の塀の続く通りに出た。

下谷練塀小路だ。

平八郎は、下谷練塀小路を北に進んだ。

立花屋敷は何処《どこ》だ……。

平八郎は、米俵《だわら》を乗せた大八車《だいはちぐるま》を引いて来る米屋の人足《にんそく》と手代を呼び止めた。

「ちょいと尋《たず》ねるが、この辺りに立花恭一郎どのの屋敷があると聞いて来たのだが、何処か分かるか……」

「ああ。立花さまの御屋敷は、この三軒先ですよ」

米屋の手代は告《つ》げた。

「そうか。造作《ぞうさ》を掛《か》けたな」

平八郎は、礼を述《の》べて三軒先の組屋敷に向かった。

此処《ここ》か……。

平八郎は、立花屋敷を窺《うかが》った。

立花屋敷は木戸門を閉められ、練塀の向こうの庭木は梢《こずえ》を揺らしていた。

静かだ。

誰もいないのか……。

平八郎は、辺りを見廻した。

斜《はす》向かいの組屋敷の前では、老下男が掃除《そうじ》をしていた。

とにかく、聞き込んでみるか……。

平八郎は、掃除をしている老下男に近付いた。

「やあ、付《つ》かぬ事を尋ねるが、立花恭一郎どのは母上さまと二人暮らしと聞いたが、まことかな」

「えっ。お前さまは……」

老下男は、平八郎に胡散《うさん》臭げな視線を向けた。

「うん。実はな、恭一郎どのに惚《ほ》れた娘がいてな。その父親にどのような家の者か調べてくれと頼まれた者だ」

「へえ、恭一郎さまに縁談《えんだん》ですか……」

「ああ……」

「そいつは目出度《めでた》い話だが、恭一郎さまは未《ま》だ学問所に通われる十五歳。縁談は未だ早いのじゃあないかな」

老下男は白髪眉《しらがまゆ》をひそめた。

「そうか、未だ十五歳か……」

立花恭一郎は、学問所に通う未だ十五歳の若者だった。

平八郎は知った。

「ええ……」

「そいつは確かに早いな」

平八郎は苦笑した。

「ええ。それに母上さまが一生懸命にお育てになっておりましてね。恭一郎さまも学問に励《はげ》んでいる親孝行者で、そりゃあ仲の良い母子ですから、縁談なんか未だ未だ先の話ですよ」

「そうか。じゃあ、恭一郎どのに惚れた娘の父親には、縁談など未だ未だ考えていないと報《しら》せるしかないな」

「ええ……」

「そうか。造作を掛けたな」

平八郎は、老下男に礼を述べてその場を離れた。そして、路地に入って石塀の陰《かげ》から立花屋敷を見張った。

老下男は、掃除を終えて斜向かいの組屋敷に戻った。

平八郎は、暫《しばら》く見張る事にした。

僅《わず》かな刻《とき》が過ぎた。

立花屋敷の木戸が開き、年増《としま》の武家の妻女が風呂敷包みを持って出て来た。

後家の立花園江……。

平八郎は、三十歳半《なか》ばの武家の妻女を立花家の後家、園江だと睨《にら》んだ。

園江は、風呂敷包みを抱えて下谷練塀小路を北に向かった。

何処に行く……。

平八郎は尾行《つけ》た。

園江は、中御徒町《なかおかちまち》を抜けて忍川《しのぶかわ》に架《か》かる小橋を渡り、下谷広小路に進んだ。

平八郎は追った。

下谷広小路は行き交《か》う人で賑《にぎ》わっていた。

園江は、風呂敷包みを抱えて広小路を横切り、上野元黒門町の茶道具屋の暖簾《のれん》を潜《くぐ》った。

平八郎は、茶道具屋の看板を見た。
茶道具屋の看板には、『風雅堂《ふうがどう》』と書かれていた。
「此処が風雅堂か……」
茶道具屋『風雅堂』は格式の高い老舗《しにせ》であり、平八郎もその名は知っていた。
立花園江は、その老舗茶道具屋に入った。
何か用があって来たのか、それとも茶道具を買いに来た只《ただ》の客なのか……。
平八郎は、想いを巡らせた。
四半刻《しはんとき》（約三十分）が過ぎた。
園江は、茶道具屋『風雅堂』から出て来なかった。
只の客なら既に買い物を終えて出て来ても良い筈《はず》だ。
客ではないのか……。
平八郎は読んだ。
ならば、何か用があって来たのか……。
とにかく、出て来るのを待つしかない。
平八郎は見張った。
半刻（約一時間）が過ぎた。

その間、さまざまな客が出入りしたが、園江は出て来なかった。

何をしているのか……。

平八郎は焦《じ》れた。

茶道具屋『風雅堂』の暖簾が揺れた。

風呂敷包みを抱えた園江が、羽織《はおり》を着た初老の男に見送られて出て来た。

漸《ようや》く出て来た……。

平八郎は、物陰《ものかげ》から見守った。

「それでは旦那《だんな》さま、失礼致します」

園江は、初老の男に頭を下げた。

「はい。奥さまもお気を付けて……」

旦那さまと呼ばれた初老の男は、立ち去って行く園江を見送った。

下谷練塀小路にある組屋敷に帰るのか……。

平八郎は、見送る『風雅堂』の旦那の傍《そば》を通り抜けて園江を追った。

園江は、上野元黒門町から下谷広小路を抜け、不忍池から流れる忍川に架かっている三橋《みはし》に向かった。

組屋敷に帰らず、何処に行くのだ……。

平八郎は、園江を追った。

園江は、三橋を渡って仁王門前町《におうもんぜんちょう》に進んだ。そして、仁王門前町にある料理屋『笹乃井《ささのい》』に入った。

料理屋笹乃井……。

平八郎は見届けた。

園江は、料理屋『笹乃井』に一人で昼飯を食べに来た訳ではない。

何をしに来たのか……。

平八郎は、料理屋『笹乃井』の隣りの茶店に入り、縁台《えんだい》に腰掛けて茶を頼んだ。

料理屋『笹乃井』には、次々と客が訪れて繁盛《はんじょう》していた。

平八郎は、茶を飲みながら料理屋『笹乃井』から出て来るのを待った。

立花園江は、昼前に上野元黒門町の茶道具屋『風雅堂』を訪れて半刻以上を過ごし、仁王門前町の料理屋『笹乃井』に来た。『風雅堂』や『笹乃井』で何をしているのかは分からない。だが、平八郎の仕事は、立花園江の毎日の行動を見定めるだけなのだ。

楽な仕事だ……。

平八郎は、茶を飲みながら行き交う人を眺《なが》めた。

料理屋『笹乃井』の前には谷中に続く道があり、林が続いていた。

平八郎は、料理屋『笹乃井』の前の林の木陰《こかげ》に編笠《あみがさ》を被《かぶ》った羽織袴《はおりはかま》の武士が佇《たたず》んでいるのに気付いた。

笹乃井を見張っている……。

平八郎は、編笠を被った羽織袴の武士の様子をそう睨んだ。

料理屋『笹乃井』の何を見張っているのだ。

見張っている相手は店の旦那や女将《おかみ》なのか、それとも客なのか……。

そして、編笠を被った羽織袴の武士は何者なのか……。

平八郎は、己と同じ事をしている編笠を被った羽織袴の武士に興味を抱いた。

園江が、料理屋『笹乃井』に入って半刻が過ぎた。

編笠を被った羽織袴の武士は、見張り続けていた。

料理屋『笹乃井』から、園江が女将に見送られて出て来た。

漸く出て来た……。

平八郎は、茶代を払って追う仕度《したく》をした。

編笠を被った羽織袴の武士が、木陰から動いた。

まさか……。

平八郎は眉をひそめた。

園江は、料理屋『笹乃井』の女将に挨拶《あいさつ》をして下谷広小路に向かった。

編笠を被った羽織袴の武士は、木陰を出て園江に続いた。

園江を見張っていた……。

平八郎は、驚きながらも編笠を被った羽織袴の武士を追った。

園江は、下谷広小路から三枚橋横町《さんまいばしよこちょう》に入り、忍川沿《ぞ》いの道を進んだ。

編笠を被った羽織袴の武士は、園江を尾行た。

平八郎は追った。

編笠を被った羽織袴の武士は、振り返る事もなく園江を尾行た。それは、平八郎の存在に気が付いていない証《あかし》だ。

平八郎は、編笠を被った羽織袴の武士がいつから園江を見張っていたのか気になった。

茶道具屋『風雅堂』の表にはいなかった筈だ。となると、園江が料理屋『笹乃井』に入った時からなのかもしれない。
いずれにしろ、編笠を被った羽織袴の武士の素性と狙《ねら》いだ。
平八郎は、編笠を被った羽織袴の武士を追った。
園江は、三枚橋横町から中御徒町に出て下谷練塀小路を南に進んだ。
組屋敷に帰る……。
平八郎は睨んだ。
昼下がりの下谷練塀小路に人影はなく、赤ん坊の泣き声が響いていた。
編笠を被った羽織袴の武士は刀を握り、園江に向かって歩調を速めた。
危ない……。
平八郎は、地を蹴《け》ろうとした。
「母上……」
風呂敷包みを持った若い侍《さむらい》が、路地から現われた。
「恭一郎……」
園江は声を弾《はず》ませた。
若い侍は、園江の一人息子の恭一郎だった。

「今、お帰りですか……」
「ええ。如何《いかが》でした学問所は……」
園江と恭一郎は、連れだって組屋敷に戻り始めた。
編笠を被った羽織袴の武士は、落胆《らくたん》したように立ち止って園江と恭一郎を見送った。
平八郎は物陰から見守った。
園江と恭一郎は、立花家の組屋敷に入って行った。
編笠を被った羽織袴の武士は、編笠を上げて見送って下谷練塀小路を南に進んだ。
園江はもう動かない……。
平八郎は読み、編笠を被った羽織袴の武士を追った。
神田川は煌《きら》めいていた。
編笠を被った羽織袴の武士は、神田川北岸の道を西に進んだ。
平八郎は想いを巡らせた。
編笠を被った羽織袴の武士は、立花園江を斬ろうとした。いや、脅《おど》して捕《と》らえようとしたのかもしれない。

何《いず》れにしろ、園江に何らかの危害を加えようとしたのは間違いない。

何者なのだ……。

平八郎は尾行た。

筋違《すじかい》御門と昌平橋の北詰を過ぎると、水戸藩江戸上屋敷に差し掛かる。

編笠を被った羽織袴の武士は、水戸藩江戸上屋敷の手前にある水道橋を渡った。そして、三崎稲荷《みさきいなり》の前の旗本屋敷街に入った。

平八郎は追った。


編笠を被った羽織袴の武士は、旗本屋敷の一つに入った。

平八郎は見届けた。

何様《どちら》の屋敷なのだ……。

平八郎は、編笠を被った羽織袴の武士が入った旗本屋敷の主が誰か調べる事にした。

旗本屋敷街に人通りはなく、掃除に励む中間や小者もいなかった。

平八郎は、向かい側の旗本屋敷の潜り戸を叩《たた》いた。

覗《のぞ》き窓が開き、中間が顔を見せた。

「忙しい処《ところ》をすまないが、向かいの屋敷は本多帯刀《ほんだたてわき》さまの御屋敷かな……」

平八郎は訊《き》いた。

「いいえ。お向かいは丹羽兵部《にわひょうぶ》さまの御屋敷にございますが……」

中間は、潜り戸を開けて外に出て来て、向かい側の旗本屋敷を見ながら告げた。

「えっ。本多さまではなく、丹羽兵部さまの御屋敷ですか……」

「ええ……」

「じゃあ、隣りの稲荷小路かな……」

平八郎は眉をひそめた。

「この辺りに本多帯刀さまと云う御旗本の御屋敷はなかったと思いますが……」

中間は首を捻った。

「そうか。いや、造作を掛けたな」

平八郎は、中間に礼を述べてその場を離れた。

「そうか。本多さまではなく、丹羽兵部さまの御屋敷か……」

平八郎は、編笠を被った羽織袴の武士の入った旗本屋敷の主の名を知った。

おそらく、編笠を被った羽織袴の武士は、旗本丹羽兵部の家来なのだ。

平八郎は、丹羽屋敷を一瞥《いちべつ》して水道橋に向かった。

今日の仕事は此《これ》で終わりだ……。

平八郎は水道橋を渡り、西陽《にしび》を背に受けて神田川沿いの道を進んだ。


鰻屋《うなぎや》『駒形鰻』の小座敷には、蒲焼《かばやき》の匂いが染《し》み付いていた。

平八郎は、あれから浅草駒形町の鰻屋『駒形鰻』の若旦那で岡っ引の伊佐吉を訪れた。

鰻屋『駒形鰻』には長次と亀吉も居合わせ、伊佐吉は蒲焼を肴《さかな》に酒を飲もうと誘った。

「それで、用はなんだい……」

伊佐吉は、蒲焼を肴に嬉《うれ》しげに酒を飲んでいる平八郎に訊いた。

「うん。そいつなんだがな……」

平八郎は、御家人の後家さんの毎日を調べ始めた処《ところ》、旗本丹羽兵部の家来が現われた事を告げた。

「じゃあ何か、編笠に羽織袴の侍は、主の丹羽兵部の指図で立花園江を尾行て、何かを仕掛けようとしたってのか……」

伊佐吉は、眉をひそめて酒を飲んだ。

「ああ……」

平八郎は頷いた。

「丹羽兵部、どんな旗本なんですかね……」

亀吉は、鰻重《うなじゆう》を食べながら首を捻った。

「そいつなんだな、調べて貰いたいのは……」

平八郎は、手酌《てじやく》で猪口《ちよこ》を満たした。

「水道橋を渡り、三崎稲荷の前を入った処の旗本の丹羽兵部か……」

「ああ……」

「分かった。高村の旦那に訊いてみるぜ」

伊佐吉は引き受けてくれた。

「それにしても、旗本に狙われる御家人の後家さんってのはね……」

長次は眉をひそめた。

「十五歳になる倅《せがれ》のいる三十半ばの後家さんでして、今の処、悪い評判は聞きませんん」

「そうですか……」

「ええ……」

平八郎は、厳しい面持《おもも》ちで蒲焼を食べ、酒を飲んだ。

二

下谷練塀小路に連《つら》なる組屋敷は、出仕《しゅっし》する者もなく静かな朝を迎えていた。

「殆《ほとん》どの人が無役の小普請組《こぶしんぐみ》ですか……」

長次は、人気《ひとけ》のない練塀小路を眺めた。

「ええ。僅《わず》かな俸禄《ほうろく》で暮らしも厳しく、内職に励《はげ》む者や秘《ひそ》かに日雇い仕事に出ている者もいるそうですよ」

平八郎と長次は、物陰から立花家屋敷を窺った。

辰《たつ》の刻五つ（午前八時）が過ぎた。

立花屋敷の木戸門が開き、書籍などを包んだ風呂敷包みを抱えた恭一郎が現われた。

園江が続いて出て来た。

「じゃあ母上、行って参ります」

恭一郎は、園江に挨拶をして湯島の学問所に出掛けた。

「気を付けて行くのですよ」

園江は、眼を細めて我が子を見送った。

「後家の園江さんと倅の恭一郎です」

平八郎は、長次に園江と恭一郎を教えた。

「ええ……」

長次は頷《うなず》いた。

園江は、恭一郎を見送って屋敷の前の掃除を始めた。

箒《ほうき》を持った老下男が、斜向かいの組屋敷から出て来た。

「おはようございます」

老下男は、園江に挨拶をした。

「あら、おはようございます。吉平《きちへい》さん、今日も良い天気ですね」

園江は、穏《おだ》やかな笑顔で告げて木戸門に入って行った。

「成る程、悪い評判はなさそうですね」

長次は頷いた。

「さあて、今日はどうするのかな……」

平八郎は、立花屋敷を窺った。

南町奉行所は、公事訴訟《くじ》に来た者で賑わっていた。

伊佐吉は、同心《どうしん》詰所で定町廻《じょうまちまわ》り同心の高村源吾が戻って来るのを待っていた。

同心詰所は、定町廻りや臨時廻《りんじまわ》りの同心たちも見廻りに出掛け、閑散としていた。

「やあ、待たせたな」

高村が奥から出て来た。

「いえ……」

「分かったぞ。旗本の丹羽兵部……」

「御造作をお掛けします。で、どのような方でしょうか……」

「そいつが、今は無役の寄合《よりあい》だが、去年迄勘定奉行をしていてな。いろいろと噂《うわさ》のある野郎だぜ」

高村は苦笑した。

丹羽兵部は、元勘定奉行だった。

「いろいろ噂がありますか……」

良い噂ではない……。

伊佐吉は、高村の苦笑をそう読んだ。

「ああ。勘定奉行は幕府直轄地《ちょっかつ》の代官や郡代を監督し、収税、金銭の出納《すいとう》など幕府の財政などを司《つかさど》るのが役目でな。いろいろ役得や賄賂《わいろ》も多い。丹羽兵部はその辺りを上手《うま》く立ち廻り、私腹を肥やしたらしくてな。去年御役御免《ごめん》になったのは、その辺が原因だって噂だそうだ」

「へえ、そんな方なんですかい……」

「うむ。叩けば埃《ほこり》が舞い上がるって奴だ。して伊佐吉、丹羽兵部がどうかしたのか……」

「はい。どうも丹羽さまの家来が、御家人の後家さんを狙っているようなんです」

「御家人の後家さん……」

高村は眉をひそめた。

「はい……」

「御家人の後家さんなぁ……」

高村は首を捻った。

「何か……」

伊佐吉は戸惑った。

「うん。その御家人の後家さん、名は何と云うのだ」

「立花園江さまと仰《おつしや》います」

「死んだ夫の名は……」

「そいつは……」

伊佐吉は、平八郎から立花園江の死んだ夫の事は何も聞いていなかった。

「そうか。よし、伊佐吉、その後家の立花園江の死んだ亭主の名前と役目に就いていたのかどうか、ちょいと調べてみろ」

高村は命じた。

「は、はい……」

伊佐吉は、微《かす》かな困惑を過《よぎ》らせた。

下谷練塀小路の立花屋敷は静けさに覆《おお》われていた。

平八郎と長次は、園江の動きを見張り続けていた。

園江は、組屋敷から出て来る事はなかった。

「平八郎さん……」

長次は、下谷練塀小路の一方を示した。

編笠を被った羽織袴の武士が、縞《しま》の半纏《はんてん》を着た男と一緒にやって来た。

編笠を被った羽織袴の武士は、足取りや身のこなしから見て丹羽兵部の家来だった。

「昨日、園江さんを尾行た丹羽兵部の家来に間違いありません」

平八郎は眉をひそめた。

「やっぱり来ましたか……」

「ええ……」

「さあて、どうするのか……」

長次と平八郎は、丹羽兵部の家来と縞の半纏を着た男を見守った。

丹羽兵部の家来と縞の半纏の男は、物陰に潜んで立花屋敷を見張り始めた。

「園江さんを見張るつもりですね」

平八郎は、二人が自分たちと同じ真似《まね》をすると睨んだ。

「ええ……」

長次は苦笑した。

立花屋敷の木戸が開き、園江が風呂敷包みを持って出て来た。

「出掛けますよ」

長次は示した。

園江は、風呂敷包みを抱えて下谷練塀小路を神田川に向かった。

丹羽兵部の家来と縞の半纏を着た男は、物陰を出て園江を追った。

「じゃあ……」

平八郎と長次は、路地を出て後に続いた。


園江は、神田の町々を抜けて神田川の北岸の道に出た。

丹羽の家来と縞の半纏を着た男は、北岸の道を筋違御門に進む園江を追った。

だが、その尾行は稚拙《ちせつ》だった。

「下手《へた》な尾行ですね」

長次は眉をひそめた。

「ええ……」

平八郎は頷いた。

「此のままでは、平八郎さんの邪魔になるだけですぜ」

丹羽の家来たちの尾行が園江に気付かれれば、平八郎の仕事もやり難《づら》くなる。

長次は心配した。

「よし。私が片付けます。長次さんは此のまま園江さんを追って下さい」

「承知……」

長次は頷いた。

平八郎は、足取りを速めて丹羽の家来と縞の半纏を着た男の背後に迫った。

神田川に架かっている昌平橋には、大勢の人が行き交っていた。

園江は、昌平橋を渡って神田八ッ小路に向かった。

丹羽の家来と縞の半纏を着た男は、園江に続いて昌平橋を渡ろうとした。

「待て……」

平八郎は呼び止めた。

丹羽の家来と縞の半纏を着た男は、怪訝《けげん》な面持ちで振り返った。

平八郎は、丹羽の家来と縞の半纏を着た男の前に廻り込んだ。

「おぬし、俺の顔を見て笑ったな」

平八郎は、怒りを浮かべて丹羽の家来を睨み付けた。

「な、何を申される。拙者《せっしゃ》に身に覚えはない」

丹羽の家来は狼狽《うろた》えた。

「黙れ。俺を浪人と侮《あなど》り、蔑《さげす》み笑ったのに覚えはないと云わせぬ」

平八郎は怒鳴《どな》った。

行き交う人々が立ち止り、恐ろしげに見守り始めた。

長次が素早く昌平橋を渡り、園江を追って行った。

平八郎は見届けた。

「だが、覚えのないものはない……」

丹羽の家来は、声を震《ふる》わせた。

「坂本《さかもと》さま……」

縞の半纏を着た男は、園江が神田八ッ小路から備後国福山藩と丹波国篠山藩の江戸上屋敷の間の道を進んで行くのに焦り、丹羽の家来に声を掛けた。

丹羽の家来は、坂本と云う名前だった。

平八郎は知った。

「つ、常吉《つねきち》、追え……」

坂本は、縞の半纏を着た男に命じた。

「へい……」

縞の半纏を着た常吉は、平八郎の脇《わき》を抜けて昌平橋に走ろうとした。

「逃げるか」

平八郎は素早く動き、常吉を蹴飛ばした。

常吉は、弾き飛ばされてよろめき、蹈鞴《たたら》を踏んで神田川に落ちた。

水飛沫《しぶき》が煌めいた。

「お、おのれ……」

坂本は怒り、刀を抜こうとした。

「抜くか……」

平八郎は一喝し、抜き打ちの構えを取った。

坂本は、怯《おび》えを浮かべた。

「抜けば只ではすまぬぞ」

平八郎は、薄笑いを浮かべた。

「黙れ……」

坂本は、己を奮《ふる》い立たせて平八郎に斬り掛かった。

平八郎は、斬り掛かる坂本の懐《ふところ》に飛び込み、刀を握る腕を取って鋭い投げを打った。

坂本は、宙を舞って地面に叩き付けられた。

土埃が舞い上がった。

坂本は、苦しく呻《うめ》いて気を失った。

ずぶ濡《ぬ》れの常吉が、昌平橋の船着場から這《は》い上がって来た。

「常吉、坂本に浪人を二度と馬鹿にするなと云っておけ」

平八郎は、ずぶ濡れの常吉に云い残して昌平橋を渡った。


園江は、神田八ッ小路から備後国福山藩と丹波国篠山藩の江戸上屋敷の間を進み、長次が追って行った。

福山藩と篠山藩の江戸上屋敷の間の道を進めば、雉子町《きじちょう》から三河町に出る。

園江は、三河町に行ったのかもしれない。

平八郎は、神田八ッ小路から福山藩と篠山藩の間の道を進み、雉子町に入った。

雉子町に続いて三河町四丁目になる。

雉子町から三河町四丁目の通りには、園江は勿論《もちろん》、長次の姿も見えなかった。

何処に行った……。

平八郎は周囲を見廻した。

園江や長次の姿は、周囲にも見えなかった。

進むしかない……。

平八郎は、三河町三丁目に向かった。

「矢吹の旦那……」

三河町三丁目に差し掛かった時、顔見知りの老木戸番の梅吉《うめきち》が呼び止めて来た。

「やあ、梅吉さん、変わりはありませんか……」

平八郎は笑い掛けた。

「ええ。お陰様《かげさま》で。長さんなら鎌倉河岸にいましたぜ」

老木戸番の梅吉は、長次の居場所を告げた。

「鎌倉河岸……」

鎌倉河岸は、三河町一丁目前の外濠《そとぼり》にあり、荷揚場《にあげば》があった。

「ああ。さっき偶々《たまたま》通ったら、長さんがいてね。矢吹の旦那が雉子町から三河町の通りを来る筈だから、見掛けたら伝えてくれと頼まれましてね」

梅吉は、陽《ひ》に焼けた皺《しわ》だらけの顔で笑った。

長次は、平八郎が丹羽兵部の家来と縞の半纏を着た男を片付けて追って来ると読み、出逢った三河町三丁目の老木戸番の梅吉に言付《ことづ》けを頼んだのだ。

「そうでしたか、助かりました。じゃあ……」

平八郎は、梅吉に礼を云って三河町の通りを鎌倉河岸に急いだ。


外濠鎌倉河岸は荷揚げも終わり、閑散としていた。

平八郎は、鎌倉河岸に面した町並みを眺めた。

長次の姿が、三河町一丁目の角に見えた。

平八郎は、長次の許《もと》に急いだ。

「長次さん……」

「片付けましたか……」

長次は労《ねぎら》った。

「ええ、まあ。して、園江さんは……」

平八郎は、連なる家並みを見廻した。

「あの唐物屋《からもの》に……」

長次は、斜向かいにある唐物屋を示した。

『潮屋《うしおや》』と看板を掲《かか》げた唐物屋の前では、人足たちが番頭の指図で大八車に荷物を積んでいた。

〝唐物〟とは諸外国から舶来《はくらい》した品物を云い、扱う店を〝唐物屋〟と称した。

「入ったままですか……」

「ええ……」

「昨日の風雅堂や笹乃井と同じか……」

平八郎は眉をひそめた。

人足たちが荷物を積んだ大八車を引いて行き、番頭は帳簿を手にして店に戻った。

小僧が出て来て掃除を始めた。

「園江さまが何しに来たのか、ちょいと訊いて来ます」

長次は、掃除をしている小僧に近付いた。

平八郎は見守った。

小僧は掃除の手を止め、長次と言葉を交わしていた。

長次は、小僧に礼を云って平八郎の処に戻って来た。

「分かりましたか……」

「ええ。立花園江さまは、潮屋の二人のお嬢さまに礼儀作法や茶之湯なんかを教えに来ているそうですよ」

「礼儀作法や茶之湯……」

「ええ。平八郎さん、茶道具屋の風雅堂と料理屋の笹乃井、お嬢さまはいないんですかね」

長次は眉をひそめた。

園江が風雅堂や笹乃井を訪れたのは、お嬢さまたちに礼儀作法や茶之湯などを教える為なのかもしれない。

「さあ、そこ迄は……」

平八郎は首を捻った。

「分かりました。あっしが確かめて来ます。平八郎さんは此のまま園江さまを……」

長次は告げた。

「すみません。造作を掛けます」

平八郎は頭を下げた。

「いいえ。じゃあ……」

長次は踵《きびす》を返し、下谷広小路に向かった。

平八郎は見送り、唐物屋『潮屋』を眺めた。

唐物屋『潮屋』は、昼前の忙しい時も過ぎて静けさを取り戻していた。しかし、園江が出て来る気配は窺えなかった。

陽は昇り、鎌倉河岸の端にある木は木洩《こも》れ日を揺らした。

伊佐吉と亀吉は、下谷練塀小路の立花屋敷を訪れた。

立花屋敷には誰もいなかった。

「留守《るす》のようですね」

亀吉は眉をひそめた。

「ああ。平八郎さんや長さんがいないとなると、後家さんが出掛け、後を追っているって事だ」

「ええ。親分、下手に訊き廻れませんし、どうします」

亀吉は、組屋敷を見廻した。

「そうだな……」

隣り近所に聞き込むのは容易だ。だが、岡っ引の聞き込みが妙な噂になったり、園江や恭一郎に知られるのを恐れた。

「うん。亀、この界隈《かいわい》で一番評判の良い医者が何処の誰か聞いて来い」

伊佐吉は命じた。

「はい……」

亀吉は、聞き込みに走った。

立花園江の夫、恭一郎の父親は去年、病で死んでいる。病で死んだとなると、当然医者に診《み》て貰っている筈だ。

園江は、病の夫に界隈で一番評判の良い医者の診察を受けさせた。

伊佐吉はそう読んだ。

外濠の水面《みなも》は揺れ、虹色に輝いていた。

平八郎は、鎌倉河岸の端にある木の陰から唐物屋『潮屋』を見守った。

木洩れ日は煌めいていた。

園江が、お内儀《かみ》に見送られて唐物屋『潮屋』の母屋から出て来た。

「ありがとうございました」

お内儀は、園江に頭を下げた。

「いいえ。では、此《こ》で御免下さい」

園江は、お内儀に挨拶をして日本橋の通りに向かった。

平八郎は追った。


下谷練塀小路界隈で腕が良いと評判の医者は、下谷長者町《ちようじやまち》二丁目に看板を掲げている桂木順庵《かつらぎじゆんあん》だった。

「ああ、去年亡くなった立花左内《さない》さんか……」

医者の桂木順庵は、園江の夫を覚えていた。

立花左内……。

伊佐吉は知った。

「はい。で、立花左内さまは、どのような病でお亡くなりになったのですか」

「……」

「それなのだが、突然、熱が高くなり、顔や身体が激しく痙攣《けいれん》して、二日の間苦しんで亡くなったのだ」

「何の病なんですか……」

「そいつが、良く分からなくてな。それで覚えているのだが。亡くなってから遺体を検《あらた》めたら、脇腹に二寸程の古い刀傷《かたなきず》があってな……」

順庵は眉をひそめた。

「古い刀傷ですか……」

伊佐吉は、厳しさを滲《にじ》ませた。

「ああ。で、その古い刀傷が膿《う》んでいたのだ」

「膿んでいた……」

伊佐吉は眉をひそめた。

「ああ。高い熱と身体の痙攣は、おそらくその古い刀傷の所為《せい》だ」

順庵は、厳しい面持ちで告げた。

「そうですか。処で順庵先生、立花左内さまは御公儀の御役目に就いていたのか、御存知《ごぞんじ》ですか……」

「うん。確か立花左内さんは、勘定吟味方改役《かんじょうぎんみがたあらためやく》だったと聞いておるが……」

順庵は、立花左内の役目を知っていた。

「勘定吟味方改役……」

伊佐吉は知った。

立花園江の夫、左内は去年、病で死ぬ迄は勘定吟味方改役の役目に就いていた。そして、元勘定奉行の丹羽兵部が家来に園江を狙わせたのだ。

何かが隠されている……。

伊佐吉の勘が囁《ささや》いた。

三

日本橋室町《むろまち》三丁目の呉服屋『菱屋《ひしや》』は、客が途切れる事もなく繁盛していた。

立花園江は、鎌倉河岸の唐物屋『潮屋』から呉服屋『菱屋』にやって来た。

平八郎は、斜向かいの蕎麦《そば》屋の窓から呉服屋『菱屋』を見張っていた。

呉服屋『菱屋』に娘がおり、園江は唐物屋『潮屋』同様に礼儀作法や茶之湯などを教えに来たのかもしれない。

「おまちどおさま……」

蕎麦屋の亭主が、平八郎に盛り蕎麦を持って来た。

「おう。こいつは美味《うま》そうだ。処で亭主、知り合いの礼儀作法のお師匠さんが、さっき呉服屋の菱屋に入って行ったのだが、菱屋には娘がいるのか……」

「ええ。菱屋さんには十四歳になるお嬢さまがおりましてね。きっと、そのお嬢さまが礼儀作法を教わっているんでしょうね」

「そうか、やはりな……」

平八郎は、窓の外に見える呉服屋『菱屋』を眺めた。

立花園江は、どうやら大店《おおだな》の娘たちに礼儀作法や茶之湯を教えに歩いているのだ。

平八郎は睨んだ。


「立花左内……」

南町奉行所定町廻り同心高村源吾は、伊佐吉に聞いた名を呟《つぶや》いた。

「はい。元勘定奉行の丹羽兵部さまの家来に尾行られていた園江さまの御主人です」

伊佐吉は頷いた。

「して、公儀の役目には就いていたのか……」

「はい。勘定吟味方改役と云う役目に就いていたそうです」

「勘定吟味方改役……」

高村は眉をひそめた。

「はい……」

「そうか、勘定吟味方改役か……」

「高村さま、勘定吟味方改役ってのはどのような御役目なんですか……」

伊佐吉は訊いた。

「うん。勘定吟味方ってのは、勘定奉行勝手方《かってがた》の仕事を監視し、勘定奉行所一切の仕事に不正がないか吟味したり、勘定奉行が決める公儀の予算が妥当かどうか意見を云う役職だ」

「へえ、じゃあ、勘定奉行所の御目付《おめつけ》役みたいな御役目ですか……」

「うむ。ま、そんな処だ」

「じゃあ、勘定吟味方改役ってのは……」

「勘定吟味方の配下だ」

「元勘定奉行と勘定吟味方改役ですか……」

伊佐吉は眉をひそめた。

「ああ。伊佐吉、こいつはいろいろありそうだな」

高村は笑みを浮かべた。

「はい……」

伊佐吉は頷いた。

「それで伊佐吉。立花左内、去年何の病で死んだのだ」

「それが、不意に高い熱が出た上に身体が痙攣して亡くなったそうなんですが……」

「高い熱が出て痙攣な……」

「ええ。で、死んだ後に身体を検めた処、脇腹の古傷が膿んでいたそうです」

伊佐吉は告げた。

「脇腹の古傷か……」

高村は、厳しさを過らせた。

居酒屋『花や』は賑わった。

平八郎は、女将のおりんに迎えられた。

「お待ち兼《か》ねですよ」

おりんは、店の隅《すみ》で酒を飲んでいる長次を示した。

「そうか……」

平八郎は、おりんに酒と肴を注文して長次の許に行った。

「お待たせしました」

「いいえ……」

長次は、徳利《とっくり》を差し出した。

「こいつはどうも……」

平八郎は、猪口《ちょこ》を差し出した。

「で、園江さまは……」

長次は、平八郎に酒を注《つ》ぎながら尋ねた。

「潮屋から日本橋は室町の呉服屋菱屋に行きましてね、菱屋にも娘がいましたよ」

「そうですか……」

「で、練塀小路の組屋敷に帰りました」

平八郎は、園江が組屋敷に帰るのを見届けて居酒屋『花や』にやって来た。

「おまちどおさま……」

おりんが、新しい徳利と肴を持って来た。

「ごゆっくり……」

おりんは、新しい徳利と肴を置いて他の客に呼ばれて行った。

「長次さんの方は如何でした」

平八郎は、長次に新しい徳利を差し出した。

「こいつは畏《おそ》れ入ります」

長次は、注がれた酒を飲んだ。

「茶道具屋の風雅堂と料理屋の笹乃井、両方とも、やはり娘がいましたよ」

長次は、己の聞き込みの結果を報せた。

「そうですか。じゃあ……」

「どうやら、園江さまは大店の娘の礼儀作法や茶之湯を教えているようですね」

長次は睨んだ。

「ええ……」

平八郎は頷いた。

「それにしても、旗本の丹羽兵部、どうして家来に園江さまを狙わせるんですかね」

「おう……」

長次は眉をひそめた。

「分からないのはそこですよ」

平八郎は、手酌で酒を飲んだ。

四半刻が過ぎた。

「やっぱり此処だったか……」

伊佐吉と亀吉がやって来た。

何かが分かった……。

平八郎は、伊佐吉が居酒屋『花や』に現われたのを読んだ。

平八郎と長次は、酒を飲みながら伊佐吉や亀吉に立花園江の動きを教えた。

「で、旗本の丹羽兵部、どんな奴なんだ」

平八郎は尋ねた。

「そいつが元勘定奉行でな……」

「元勘定奉行……」

平八郎は眉をひそめた。

「ああ……」

伊佐吉は、定町廻り同心の高村源吾に聞いた話を伝えた。

「丹羽兵部、そんな奴か……」

平八郎は、厳しさを滲ませた。

「うん。それでな。園江さまの死んだ旦那の立花左内、勘定吟味方改役だったぜ」

「勘定吟味方改役……」

平八郎は戸惑った。

「うん。勘定吟味方ってのはな……」

伊左吉は、尤《もっと》もらしい顔をして平八郎と長次に〃勘定吟味方〃と〃改役〃についての説明をした。

「へえ、そんな役目なのか。良く知っているな、親分……」

平八郎は感心した。

「ああ、高村さまの受け売りだ」

伊佐吉は笑った。

「じゃあ親分、勘定吟味方ってのは、勘定奉行にとっちゃあ邪魔者ですか……」

長次は読んだ。

「うん。そうなるな……」

伊佐吉は頷いた。

「となると、丹羽兵部が家来に園江さんを狙わせるのは、その辺に理由があるのかな」

平八郎は睨んだ。

「きっとな。で、園江さまの旦那の左内さんだが、病で死んだのに間違いはないが、古傷の所為だそうだ」

「古傷……」

「ああ……」

伊佐吉は頷いた。

「平八郎さん、こいつは後家さんの只の素行調べで終わらないかもしれませんね」

長次は苦笑した。

「ええ……」

平八郎は頷いた。

「高村の旦那もいろいろありそうだとな……」

伊佐吉は、厳しさを浮かべた。

「そうか……」

御家人の後家、立花園江の毎日を調べる仕事の裏には、元勘定奉行の丹羽兵部に拘《かか》わりのある事が潜《ひそ》んでいるのかもしれない。

平八郎は読んだ。

「あの、平八郎さん……」

亀吉が、遠慮がちに声を掛けた。

「なんだい……」

「立花園江さまの毎日を調べるように頼んで来たのは、一体誰なんですか……」

亀吉は尋ねた。

「そいつは、俺も萬屋の万吉の親父に訊いたんだが、云わないんだな」

「内緒ですか……」

亀吉は戸惑った。

「うん……」

「平八郎さん、事が只の素行調べじゃあないとなると、頼んで来た者が誰か調べる必要がありますよ」

長次は勧《すす》めた。

「ああ、万吉の狸親父から何とか訊き出すんだな」

伊佐吉は、手酌で酒を飲んだ。

「よし……」

平八郎は、覚悟を決めたように猪口の酒を飲み干した。

居酒屋『花や』の賑わいは続いた。


口入屋『萬屋』は、朝の日雇い仕事の周旋《しゅうせん》も終わって一息吐いていた。

「一昨日《おととい》は茶道具屋の風雅堂と料理屋の笹乃井。昨日は唐物屋の潮屋と呉服屋の菱屋ですか……」

万吉は、紙に書き付けた。

「うん。大店の娘に礼儀作法や茶之湯などを教えに行き、倅の恭一郎が学問所から戻る前に組屋敷に帰っている」

平八郎は、園江の昨日、一昨日の行動を万吉に報せた。

「そうですか。で、下谷や神田、日本橋を往《い》き来《き》する時、何処かに立ち寄ったりはしませんでしたかい……」

万吉は、平八郎に探る眼を向けた。

「うん。茶店や甘味処にも寄らなかった」

「じゃあ、情夫《おとこ》がいるような様子はありませんでしたか……」

万吉は、紙に書き付けた園江の動きを見ながら何気ない調子で尋ねた。

「情夫……」

平八郎は、素《す》っ頓狂《とんきよう》な声をあげた。

「ええ……」

万吉は、平八郎を見詰めた。

「そんな者がいる様子はない……」

平八郎は、戸惑いながら断言した。

「そうですか。それは御苦労さまでした」

万吉は微笑《ほほえ》んだ。

「うん。だが、一つ妙な事があってな」

平八郎は眉をひそめた。

「妙な事……」

万吉は戸惑った。

「うん。得体の知れない侍が、園江さんを尾行廻している」

平八郎は、思わせ振りに告げた。

「得体の知れない侍……」

万吉は、狸面に緊張を浮かべた。

「うん。一昨日も昨日もな」

「一昨日も昨日も……」

「ああ、今日も現われ、尾行るかもな」

「その侍、園江さまを尾行てどうしようってんですかね」

万吉は、懸命に平静を装った。

「さあ、そいつは知らぬが、刀を握った事があったな」

平八郎は脅した。

「えっ。それでどうしました……」

万吉は狼狽えた。

「うむ。その時は、偶々倅の恭一郎が学問所から帰って来てな。事無きを得た」

「そうですか……」

万吉は、狸面に安堵《あんど》を浮かべた。

「うむ。だが、次はどうなるか……」

平八郎は、秘かに万吉の不安を煽《あお》った。

「ええ……」

万吉の安堵は一瞬だった。

「ま。約束は二日。私は此で……」

「分かりました。もう二日……」

万吉は慌てた。

「何……」

「もう二日、園江さまの日頃の様子を調べて下さい。で、此を……」

万吉は、平八郎に一朱銀を二つ載せた盆を差し出した。

「二朱……」

平八郎は戸惑った。

「はい。一朱は今日と明日の給金。もう一朱は用心棒代です」

「用心棒代……」

「ええ……」

万吉は頷いた。

「良いのか、頼んだ雇い主に相談しなくて……」

平八郎は心配した。

「そりゃあもう、大丈夫です」

万吉は、事も無げに告げた。

「そうか、ならば良いが。処で雇い主は何処の誰なのだ」

平八郎は斬り込んだ。

「えっ。それは云えませんよ」

万吉は、いつもの狸面で突《つ》っ撥《ぱ》ねた。

「そうか……」

万吉の口は固かった。

「では、宜《よろ》しく……」

「う、うん。何だか、親父が頼んだ雇い主のようだな」

平八郎は苦笑した。

「そんな、馬鹿な冗談を云っている場合じゃありませんよ」

万吉は、苛立《いらだ》たしげに云い放った。

「そうか。ではな……」

平八郎は、二つの一朱銀を手にして框《かまち》から立ち上がった。

立花園江は、学問所に行く恭一郎を見送り、表の掃除を終えて組屋敷に入った。

長次は、路地から見張った。

「どうですか……」

平八郎は、長次の背後に現われた。

「いつも通り学問所に行く倅を見送り、表の掃除をして、今は中に……」

長次は組屋敷を示した。

「で、丹羽兵部の家来の坂本や常吉は……」

平八郎は、練塀小路を窺った。

「今の処、現われていませんよ」

「そうですか……」

「で、雇い主、分かりましたか……」

「そいつが、狸親父、口が固くて……」

平八郎は、微かな苛立ちを滲《にじ》ませた。

「駄目でしたか……」

「ええ。それから、坂本たちの事でちょいと脅したら、後二日の調べと用心棒に雇われましたよ」

「用心棒……」

長次は眉をひそめた。

「ええ。坂本たちの事を云ったら直《す》ぐにね」

平八郎は苦笑した。

立花屋敷の木戸が開き、園江が小さな風呂敷包みを持って出て来た。

平八郎と長次は、素早く練塀の陰に潜んだ。

園江は、組屋敷を出て練塀小路を中御徒町に向かった。

平八郎と長次は追った。

園江は、中御徒町から忍川に架かる小橋を渡り、尚も進んだ。そして、山下に出て入谷に向かった。

「妙な奴、いませんね」

長次は、油断なく辺りを窺った。

園江の背後を行く者たちの中には、丹羽兵部の家来の坂本を始めとした不審な者はいない。

「ええ。今日は何処に行くんですかね」

平八郎と長次は追った。


入谷『法連寺《ほうれんじ》』の墓地には、住職の読む経が響いていた。

園江は、線香の紫煙《しえん》と香りの揺れる墓に手を合わせていた。

住職は、園江の傍《かたわ》らで経を読み続けた。

平八郎は見守った。

長次がやって来た。

「寺男の父《と》っつあんに聞いたのですが、今日は立花左内さんの月命日《つきめいにち》だそうですよ」

園江は、夫の月命日の墓参りに来たのだ。

「そうですか……」

平八郎と長次は、亡き夫左内の墓参りをする園江を見守った。

住職の読む経は、墓地に朗々《ろうろう》と響き続けた。

亡夫の墓参りを終えた園江は、『法連寺』の庫裏《くり》を出て山門に向かった。

「何処かに廻るのか……」

「それとも真っ直ぐ帰るのか……」

平八郎と長次は、境内の植込みの陰から出た。

園江は山門を出た。

平八郎と長次は、園江を追って足早に山門を出て、素早く戻った。

山門の外では、園江が坂本たち四人の羽織袴の武士に取り囲まれていたのだ。

平八郎と長次は、思わず顔を見合わせた。

「丹羽兵部の家来共ですね」

「ええ……」

平八郎は喉《のど》を鳴らし、山門の陰から覗いた。

「何者です……」

園江は、懐剣を握り締めた。

「黙れ……」

坂本は、侮りを浮かべて刀を抜き払った。
園江は後退《あとずさ》りした。
背後と左右にいた家来たちが、刀の鯉口《こいぐち》を切って包囲を詰めた。
園江は身構えた。
「死んで貰う」
坂本は、園江に斬り掛かろうと刀を上段に振り翳《かざ》した。
刹那《せつな》、拳《こぶし》大の石が飛来して坂本の顔面に当たった。
坂本は、鼻血を飛ばして昏倒した。
残る三人の家来は狼狽えた。
平八郎は、『法連寺』の山門から猛然と飛び出し、家来の一人を蹴飛ばした。
蹴飛ばされた家来は、悲鳴をあげて背後に倒れた。
平八郎は、園江を素早く背後に庇《かば》って残る二人の家来に対した。
「おのれ、邪魔するな」
二人の家来は刀を抜いた。
「やるか……」
平八郎は、抜き打ちの構えを取った。

二人の家来は、平八郎と園江に斬り付けた。

平八郎は、抜き打ちの一刀を鋭く放った。

家来の一人は、腕を斬られて刀を落とした。

平八郎は残る家来に迫り、刀を閃《ひらめ》かせた。

残る家来の刀が甲高い音を鳴らして宙に飛び、日差しに煌めいた。

四

所詮、三人の家来は、神道無念流《しんとうむねん》『撃剣館《げきけんかん》』の高弟の平八郎の敵ではない。

三人の家来は、鼻血を流して昏倒している坂本を残して我先に逃げた。

平八郎は、刀を鞘《さや》に納めた。

園江は、厳しい面持ちで立ち尽していた。

「怪我《けが》はありませんか……」

「は、はい。危ない処をお助け戴《いただ》き、ありがとうございました」

園江は、我に返ったように平八郎に深々と頭を下げた。

「奴ら、何者ですか……」

平八郎は、昏倒している坂本を示した。

「分かりません……」

園江は、坂本を厳しく一瞥して首を横に振った。

「ならば、襲われた心当たりは……」

平八郎は戸惑った。

「ご、ございません」

園江は、言葉を濁《にご》した。

知っている……。

園江は、坂本たちが元勘定奉行の丹羽兵部の家来だと知っているのだ。

平八郎の勘が囁《ささや》いた。

「そうですか……」

「本当にありがとうございました。では……」

園江は、平八郎に礼を述べて踵を返した。

平八郎は見送った。

『法連寺』から長次が出て来た。

「追いますか……」

長次は、足早に去って行く園江を示した。

「お願いします。私は坂本を締め上げます」

平八郎は、昏倒している坂本を示した。

「承知しました。じゃあ……」

長次は、園江を追った。

「さあて……」

平八郎は、辺りを見廻した。

畑の向こうに梢を揺らす大木があり、小川が流れていた。

平八郎は、昏倒している坂本を肩に担《かつ》ぎ上げて畑の向こうの大木に向かった。

田畑の緑《みどり》は風に揺れていた。

平八郎は、気を失っている坂本を大木の傍の小川の辺《ほとり》に降ろした。そして、坂本の鼻血で汚れた顔を、小川の流れに突っ込んだ。

坂本は気を取り戻し、喚《わめ》き声をあげて手足を動かした。

平八郎は、坂本を小川の流れから引き摺《ず》り上げた。

坂本は、濡れた顔を震わせて苦しく息を鳴らした。

「坂本……」

平八郎は、坂本の名を背後から呼んだ。

坂本は、驚いたように振り返った。

平八郎は笑い掛けた。

坂本は、昌平橋で逢った平八郎を覚えており、思わず這《は》ったまま逃げようとした。

平八郎は、坂本の襟首《えりくび》を摑《つか》んで引き戻した。

坂本は、仰向《あおむ》けに無様に倒れた。

平八郎は、坂本の脇差を素早く抜いて突き付けた。

「た、助けて……」

坂本は恐怖に震えた。

「何故、立花園江の命を狙う」

「そ、それは……」

坂本は云い澱《よど》んだ。

平八郎は、脇差を素早く閃かせた。

坂本の頰《ほお》が薄く斬られ、血が赤い糸のように浮かんだ。

平八郎は笑った。

坂本は、恐怖に震えた。

「正直に答えなければ、殺して裸《はだか》にし、元勘定奉行丹羽兵部家中の坂本の名札を付け、下谷広小路に晒《さら》して笑い者にしてくれる」

平八郎は、嘲笑《ちょうしょう》を浮かべて坂本の羽織を脱がし、脇差で袴の紐《ひも》を切った。

「と、殿の指図です。殿が、兵部さまが立花園江を殺せと命じられたのです」

坂本は慌てた。

「丹羽兵部は何故、園江を殺せと命じたのだ」

「じゃ、邪魔だから……」

「邪魔だと……」

平八郎は眉をひそめた。

「ええ。兵部さまは、園江が死んだ立花左内の遺志を継いで自分の事を調べている。だから邪魔だと……」

「丹羽兵部、調べられて困る事があるのだな」

「はい……」

坂本は頷いた。

「ならば、立花が死んだ原因になった脇腹の古傷、ひょっとしたら丹羽兵部の仕《し》業《わざ》か……」

平八郎は睨んだ。

「闇討ちだ。兵部さまが立花を闇討ちしろと。だが、手傷を負わせただけで……」

「立花の脇腹の古傷、その時のものか……」

かつて、坂本たちは主の丹羽兵部に命じられて立花左内を闇討ちしたが、失敗していたのだ。だがその後、立花左内は闇討ちされた時の傷が元で死んだのだ。

「で、丹羽兵部が調べられて困る事とは、何なのだ」

平八郎は読んだ。

「それは……」

坂本は、往生際が悪かった。

「坂本、素っ裸で死んで、晒し者になる覚悟がついたようだな」

平八郎は、冷笑を浮かべて坂本の首に脇差を当てた。

「兵部さまは、兵部さまは唐物屋に御禁制の品々を抜け荷《ぬに》させていたんです」

坂本は、慌てて吐いた。

平八郎は、園江が鎌倉河岸の唐物屋『潮屋』を訪れたのを思い出した。

「唐物屋……」

「ええ……」

「その抜け荷をさせた唐物屋ってのは、鎌倉河岸の潮屋か……」

「は、はい……」

坂本は、戸惑いながらも項垂《うなだ》れた。

丹羽兵部は、鎌倉河岸にある唐物屋『潮屋』を使って抜け荷をしたのだ。

平八郎は知った。

立花園江は、丹羽兵部の抜け荷の証を摑《つか》む為、唐物屋『潮屋』の娘に礼儀作法を教えに訪れていたのかもしれない。

それが、亡夫の仇《かたき》を討つ唯一の手立てだと信じて……。

平八郎は、園江の気持ちを推《お》し測《はか》った。

木洩れ日が揺れ、緑の田畑に小鳥の囀《さえず》りが響いた。

立花園江は、無事に下谷練塀小路の組屋敷に戻った。

長次は見届けた。

僅かな刻が過ぎ、恭一郎が学問所から帰って来た。

十五歳の若者だが、園江が一人でいるよりは安心だ。

長次は、見張りを解こうとした。

「長次さん……」

平八郎がやって来た。

「吐きましたか……」

「ええ、いろいろと。園江さん、無事に戻ったようですね」

平八郎は、立花屋敷を眺めた。

「ええ。倅の恭一郎さんも帰って来ましたから、心配ないでしょう」

「そうですか。長次さん、高村さんに逢いたいのですが、逢えますかね」

「高村の旦那ですか……」

「ええ……」

平八郎は頷いた。

南町奉行所を出て外濠に架かる数寄屋橋《すきやばし》御門を渡ると数寄屋河岸になり、老舗《しにせ》の蕎麦屋がある。

高村源吾は、伊佐吉と亀吉を連れて老舗蕎麦屋の小座敷にあがった。そして、伊佐吉や亀吉に蕎麦を振る舞った。

「丹羽兵部の悪事……」

伊佐吉は緊張を滲ませた。

「ああ。勘定吟味方の矢崎左兵衛《やざきさへえ》さまに逢って立花園江が丹羽兵部の家来に狙われていると告げた処、死んだ立花左内は丹羽の悪事を秘かに探索していたそうだ」

高村は告げた。

「それで高村さま、立花左内さまが探索していた丹羽兵部の悪事とは……」

「それが立花左内、未だ確かな証を摑んでいないと、矢崎さまに詳しく報せていなかったのだが、丹羽兵部、どうやら御禁制の品に拘わる事らしいのだ」

「御禁制の品……」

伊佐吉は驚いた。

「ああ。おそらく立花は、その御禁制の品の出処を突き止めようとしたが病で死に、何もかもが有耶無耶《うやむや》、闇の彼方《かなた》に消えてしまったそうだ」

「じゃあ丹羽兵部は、園江さまが左内さまの後を受け継いで御禁制の品を探っていると思い、家来に狙わせたのかもしれませんね」

伊佐吉は読んだ。

「うむ。おそらくそんな処だろうが、御禁制の品が何で、どうしたのか分からない限り、どうにもならねえ」

高村は、腹立たしげに吐き棄《す》てた。

「はい……」

伊佐吉は頷いた。

「親分、高村の旦那。やっぱりこちらでしたか……」

長次が、平八郎と小座敷に入って来た。

「おう。平八郎さんも一緒か……」

伊佐吉は戸惑った。

「暫《しばら》くでした」

「やあ……」

平八郎と高村は、短く挨拶を交わした。

「どうしたんだい……」

伊佐吉は、長次に訊いた。

「平八郎さんが、高村さまに話があるそうでしてね」

長次は告げた。

「ほう、俺に話があるだと……」

高村は笑った。

「ええ……」

平八郎は頷いた。

「じゃあ、一杯やりながらとするか。亀吉、酒と天麩羅《てんぷら》でも頼んで来てくれ」

亀吉は、返事をして板場に向かった。

平八郎は、高村、伊佐吉、長次、亀吉と酒を飲み始めた。

「して、話ってのはなんだい……」

高村は、平八郎を促《うなが》した。

「はい……」

平八郎は、酒を飲み干して猪口を置いた。

「元勘定奉行の丹羽兵部、鎌倉河岸の唐物屋潮屋に命じて抜け荷をしています」

平八郎は、厳しい面持ちで告げた。

「抜け荷だと……」

高村は眉をひそめた。

伊佐吉と亀吉は驚いた。

「はい。立花園江さんを襲った坂本と云う丹羽の家来を責めたんですが、死んだ立花左内さんは、丹羽の抜け荷を調べていたようです」

平八郎は告げた。

「そうか、御禁制の品ってのは、抜け荷で手に入れたものなのか……」

高村は睨んだ。

「きっと……」

伊佐吉は頷いた。

「よし。仔細《しさい》を聞かせて貰おうか……」

高村は、平八郎に徳利を差し出した。

「はい……」

平八郎は、高村に注いで貰った酒を飲んで喉を潤し、坂本に吐かせた事を話し始めた。

高村、伊佐吉、亀吉は、酒を飲む手を止めて平八郎の話を聞いた。

平八郎は、勘定吟味方改役の立花左内が勘定奉行の丹羽兵部の抜け荷を秘かに探索し、闇討ちに遭って負《お》った手傷が原因で死んだ事を語り終えた。

「ま、そう云う事です」

「そうか。良く分った」

高村は頷いた。

「それで高村さん、園江さんに逢って事の次第を確かめ、丹羽兵部の抜け荷の一件、南町奉行所で調べてみちゃあくれませんか……」

平八郎は、丹羽兵部と唐物屋『潮屋』の抜け荷の探索を高村に頼んだ。

「うむ。立花園江に詳しい話を訊き、唐物屋の潮屋から責めてみるか……」

高村は、平八郎の頼みを聞く事にした。

「忝《かたじけな》い。宜しく頼みます」

平八郎は頭を下げた。

「処で、どうして自分でやらねえんだい」

高村は、困惑を過らせた。

「私は明日も園江さんの動きを秘かに見届け、用心棒を務めなければなりませんのでね」

平八郎は、二日で一朱の給金で雇われている仕事を告げた。

「そうか、良く分かった。任せてくれ」

高村は酒を飲んだ。

「で、平八郎さん、園江さんの日頃の動きを探ってくれと頼んだ依頼主、何処の誰か分かったのか……」

伊佐吉は、平八郎に笑い掛けた。

「そいつが万吉の狸親父、妙に口が固くてな。未だ分からないんだ」

平八郎は、手酌で酒を飲んだ。

「そうか……」

「だが、何処の誰か、必ず突き止めてみせる」

平八郎は笑った。

蕎麦屋は客で賑わい、外はいつの間にか日が暮れていた。

翌日、高村源吾は南町奉行所吟味方与力の結城半蔵の用部屋を訪れた。

結城半蔵は、剛直で清廉潔白《せいれんけっぱく》な人柄であり、直心影流《じきしんかげ》の遣《つか》い手だった。

高村は、平八郎から聞いた丹羽兵部と唐物屋『潮屋』の抜け荷、勘定吟味方改役の立花左内の死と妻の園江の動きを、結城半蔵に報せた。

「よし。源吾、相手が元勘定奉行の大身旗本でも遠慮は無用。容赦は要《い》らぬ。好きにやってみるんだな」

結城半蔵は云い放った。

「心得ました」

高村は頷き、伊佐吉を伴《ともな》って下谷練塀小路の立花屋敷に向かった。

下谷練塀小路の立花屋敷は、いつも通りの朝を迎えていた。

平八郎は見張っていた。

園江は、学問所に行く倅の恭一郎を見送り、組屋敷の表を掃除して中に戻っていた。

長次は唐物屋『潮屋』、亀吉は丹羽兵部の屋敷をそれぞれ見張り始めていた。

丹羽兵部と唐物屋『潮屋』の抜け荷の探索は、既に南町奉行所定町廻り同心の高村源吾の手に移っていた。

平八郎は、丹羽兵部の家来たちが現われるのを警戒した。だが、家来たちが現われる気配はなかった。

「平八郎さん……」

伊佐吉と高村源吾がやって来た。

「やあ……」

平八郎は、伊佐吉や高村と挨拶を交わした。

「いるね……」

伊佐吉は、立花屋敷を示した。

「うん……」

平八郎は頷いた。

「よし。じゃあ、いろいろ訊いてみるか……」

高村は平八郎に微笑み掛け、伊佐吉を従えて立花屋敷の木戸門を潜って行った。

よし、今の内に萬屋の狸親父に昨日の事を報せに行くか……。

平八郎は、口入屋『萬屋』に向かった。

「どうぞ……」

口入屋『萬屋』の主の万吉は、平八郎に茶を差し出した。

「うん。戴く……」

平八郎は茶を飲んだ。

「美味い……」

平八郎は、思わず声をあげた。

立花園江の一件に雇われた以来、万吉は何故か茶を振る舞ってくれる。

「で、昨日は如何でした……」

「それなのだが、昨日は立花左内さんの月命日で、園江さんは入谷の法連寺に墓参りに行きましてね」

「ほう。昨日は亡くなった立花さまの月命日でしたか……」

「うん。で、その帰り、園江さん、旗本の丹羽兵部の家来に襲われた」

「襲われた」

万吉は狼狽えた。

「うん……」

平八郎は、万吉の狼狽え振りに戸惑った。

「で、どうなりました」

「俺が用心棒の仕事をした」

「じゃあ、園江さまはお変わりなく……」

万吉は、縋《すが》るように平八郎を見詰めた。

「ああ……」

平八郎は頷いた。

「良かった……」

万吉は、狸面に安堵を浮かべた。

まさか……。

平八郎は、不意にある想いに駆られた。

惚《ほ》れている……。

平八郎の勘は、万吉が立花園江に惚れていると囁いた。

「そうか。そうだったのか……」

平八郎は、万吉の狸面を見詰めた。

「な、何ですか……」

万吉は、慌てて眼を逸《そ》らした。

「親父、園江さんに惚れているな」

平八郎は、単刀直入《たんとうちょくにゅう》に斬り込んだ。

「えっ。わ、私が園江さまに惚れているなんて、冗談じゃありません」

万吉は、激しく狼狽えながら否定した。だが、否定すればする程、信憑《しんぴょう》性は増すものだ。

「そうか、うむ。成る程……」

平八郎は、万吉が立花園江に惚れているのを確信した。

「平八郎さん、そいつは下種《げす》の勘繰《かんぐ》りだ」

万吉は、汗を滲ませて否定し続けた。

「じゃあ、下種の勘繰りの序《つい》でに訊くが、園江さんの日頃の様子を調べてくれと頼んだ雇い主は、万吉さん、お前さんだな」

平八郎は、万吉を見据えた。

「違う、違いますよ。私じゃあない」

「じゃあ、誰だ」

「そ、それは……」

万吉は満面に汗をかき、口籠《くちご》もった。

「そうか、親父さんだったのか……」

平八郎が、雇い主を万吉だと見定めた。

雇い主は、園江に惚れた口入屋『萬屋』の主の万吉だったのだ。

「いけませんか。いい歳の親父が女に惚れちゃあ……」

万吉は、観念したのか開き直った。

「いや。そんな事はない……」

平八郎は真顔になった。

万吉の云う通りだ。

女に惚れるのに歳は拘わりない……。

「平八郎さん……」

「ま、頑張ってくれ。じゃあ、俺は貰った給金分の仕事をしてくる」

平八郎は、口入屋『萬屋』を出た。

陽差しは強かった。

平八郎は、眩《まぶ》しげに見上げた。

いい歳の親父が女に惚れても悪くはない……。

第四話　留守番《るすばん》

一

腰高障子《こしだかしょうじ》が性急に叩《たた》かれた。

平八郎は眠い眼を擦《こす》り、眉《まゆ》をひそめて腰高障子を見た。

朝陽《あさひ》に照らされた腰高障子には、町方《まちかた》の男の影が映っていた。

「心張棒《しんばりぼう》は掛《か》かっていないぞ」

平八郎は、万年蒲団《まんねんぶとん》の上に起き上がり、土瓶《どびん》の水を喉《のど》を鳴らして飲んだ。

「お邪魔しますよ」

腰高障子を開けて、口入屋『萬屋』の万吉が狭い土間に入ってきた。

「なんだ。旦那《だんな》か……」

平八郎は、二日酔いの頭を振って万吉を迎えた。

「今日はどうしたんですか……」

万吉は框《かまち》に腰掛け、平八郎に厳しい眼を向けた。

「どうしたって、昨夜《ゆうべ》、飲み過ぎたようでな。ちょいとした寝坊《ねぼう》だ」

平八郎は、万年蒲団を二つ折りにして壁際に押した。

万吉は眉をひそめた。

「で、何用ですか……」

平八郎は、万吉に笑い掛けた。

「一日一朱《いっしゅ》の割りの良い仕事があるんですが、やりますか……」

「一日一朱……」

平八郎は、思わず声を弾《はず》ませた。

「ええ。やりますか」

万吉は、平八郎に笑顔を向けた。

狸《たぬき》……。

万吉の笑顔は、いつも以上に狸に似ていた。

騙《だま》される……。

平八郎は、狸は人を騙すと云《い》う話を思い出した。

上手《うま》い話には裏がある……。

一日一朱の仕事は、危ないものに決まっている。それでなければ、万吉がわざわざお地蔵長屋に来る筈《はず》はないのだ。

平八郎は読んだ。

「して、どんな仕事だ」

平八郎は、万吉に油断のない眼を向けた。

「そいつが、楽な仕事でしてね……」

万吉は笑った。

「楽な仕事……」

平八郎は疑《うたぐ》った。

「留守番《るすばん》ですよ」

万吉は告《つ》げた。

「留守番……」

平八郎は戸惑った。

「ええ。向島《むこうじま》は桜餅《さくらもち》で名高い長命寺《ちようめいじ》の傍《そば》の小川沿《ぞ》いを進むと寮《りよう》がありましてね。そこの留守番です」

「寮の留守番ですか……」

「ええ。今日から明後日《あさって》迄《まで》の三日間。泊まりで三日で三朱ですよ」

「向島の寮の留守番、三日で三朱……」

「どうです、割りの良い仕事でしょう」

「そりゃあ、もう。割りが良すぎるぐらいだが、まさか幽霊が出るって訳じゃあ……」

平八郎は眉をひそめた。

「平八郎さん、此《こ》の世に幽霊なんかいる訳ないでしょう」

「そ、そうかあ……」

平八郎は、微《かす》かな困惑を過《よぎ》らせた。

「えっ、平八郎さん、幽霊が本当にいると思っているんですか……」

万吉は呆《あき》れた。

「いや。いるとは思っちゃあいないが……」

平八郎は、慌《あわ》てて否定した。

「ま、もしいたとしても、神道無念流の達人。幽霊が怖いなんてありませんよね」

万吉は、平八郎に侮《あなど》るような眼を向けた。

「勿論《もちろん》だ……」

平八郎は、胸を張って頷《うなず》いた。

「じゃあ、引き受けてくれますね」

万吉は、すかさず斬り込んだ。

「ああ……」

最早此迄《もはやこれ》、矢でも鉄砲でも持って来い……。

平八郎は、覚悟を決めて頷いた。

一日一朱、三日間で三朱の寮の留守番……。

確かに割りの良い、楽な仕事だ。だが、万吉がわざわざお地蔵長屋に頼みに来た処《ところ》をみると、何かが潜《ひそ》んでいる筈だ。

鬼が出るか蛇《じゃ》が出るか、それとも幽霊が現われるか……。

何《いず》れにしろ、楽に終わる筈はないのだ。

寮には、浜町《はまちょう》の船宿『青柳《あおやぎ》』の隠居の吉兵衛《きちべえ》が暮らしている。その隠居の知り合いが死に、奉公人を伴《ともな》って弔《とむら》いに行く為、三日の留守をする事となったのだ。

そんな寮に何が潜んでいるだ……。

平八郎は想いを巡らせた。

だが、いろいろ思案した処で分かる筈もない。

とにかく行くしかない……。

平八郎は、明神下のお地蔵長屋を出て浅草に向かった。

隅田川にはさまざまな船が行き交《か》っていた。

平八郎は、途中で買った一升徳利《いっしょうとっくり》を肩にして隅田川に架《か》かっている吾妻橋を渡った。そして、本所に入って向島に向かった。

源森川《げんもりがわ》に架かる源森橋を渡り、水戸藩江戸下屋敷の門前を過ぎた。

平八郎は土手道を進んだ。

土手道の西には隅田川、東には寺社と田畑が続き、長閑《のどか》な風景が広がっていた。

隅田川に続く小川と長命寺が、行く手に見えて来た。

平八郎は小川を越え、長命寺の手前を東に曲がった。そして、小川沿いの道を進んだ。

寮は、思ったより古くて大きく、背の高い生垣《いけがき》で囲まれていた。生垣の木々は枝を幾重《いくえ》にも絡《から》めて葉を繁《しげ》らせ、中の様子は容易に窺《うかが》えなかった。

平八郎は、寮を囲む生垣の周りを見て廻った。

生垣は良く手入れがされており、切れ目も隙間《すきま》もなかった。そして、寮の周囲には田畑が続いていた。

平八郎は、寮の表に戻った。

寮の表には木戸門があり、小川には小さな船着場があった。

平八郎は、木戸門を開けて寮に入った。

寮の前庭は綺麗《きれい》に掃除がされており、人の気配は窺えなかった。

平八郎は裏庭に廻った。

裏庭には井戸があり、台所に入る勝手口があった。

勝手口には錠前《じようまえ》が掛けられ、軒下には薪《まき》や柴《しば》が積まれて手桶《ておけ》などが置かれていた。

平八郎は、手桶の中を覗《のぞ》いた。

手桶の中には、万吉に教えられた通り鍵《かぎ》が入っていた。

平八郎は、鍵を取り出して勝手口の錠前を外し始めた。

普通、こうした寮は近在の百姓に管理と留守番を頼むものだ。

平八郎は、錠前を外しながらそう思った。

錠前は外れた。

平八郎は、勝手口の板戸を開けて中に入った。

台所は薄暗かった。

平八郎は、薄暗い家の中の気配を窺った。

人のいる気配はない……。

平八郎は一升徳利を置き、台所の土間から板の間にあがって部屋に進んだ。そして、障子を開けて縁側《えんがわ》に出た。

縁側の雨戸の隙間から陽が差し込んでいた。

平八郎は雨戸を開けた。

陽差しが部屋に溢《あふ》れた。

平八郎は、明るくなった部屋を見廻した。

部屋には縁起棚《えんぎだな》があり、長火鉢《ながひばち》が置かれていた。

居間か……。

平八郎は、居間の襖《ふすま》を開けた。

襖の向こうには、八畳の座敷が二つ連《つら》なっていた。

平八郎は廊下に出た。

座敷の向かい側には厠《かわや》と納戸《なんど》があり、小部屋があった。

小部屋には小さな鏡台が置かれ、衣桁《いこう》や葛籠《つづら》があった。

女がいる……。

平八郎は見定め、玄関に向かった。

玄関の格子《こうし》戸は閉められ、心張棒が咬《か》まされていた。そして、居間に並ぶ南側には部屋があり、男が暮らしている気配があった。

奉公人の部屋……。

平八郎は読んだ。そして、向かいの北側の部屋の板戸を開けた。

部屋は客でも泊まる為のものなのか、人が暮らしている様子は余り窺えなかった。

玄関を入った処の北側の部屋……。

平八郎が留守番をする間、寝泊まりをするように云われた部屋だ。

部屋の隣りには風呂と厠があり、その次が板の間と台所なのだ。

平八郎は、古い寮の間取りを見定めて居間に戻った。

庭には板塀《いたべい》が廻され、その向こうに背の高い生垣があった。
板塀は隠し塀なのか……。
だとしたら寮の主の隠居は、随分と用心深く警戒心の強い男だ。
隠し塀は生垣の内側に続き、寮を取り囲んでいた。
平八郎は、縁側に佇《たたず》んで寮の中の様子を窺った。
話し声は云う迄もなく物音は一つもせず、人の気配は一切なかった。
平八郎に疑念が湧《わ》いた。
何故《なぜ》、隠居は女や奉公人に留守番をさせず、皆を連れて出掛けたのか……。
何故、近在の百姓や寺の者に留守番を頼まず、口入屋に頼んだのか……。
それも、一日一朱の給金を出して迄……。
分からない事ばかりだ。
平八郎は、微《かす》かな苛立《いらだ》ちを覚えた。
何れにしろ何かが起こる……。
平八郎は睨《にら》んだ。
庭は陽差しに溢れ、小鳥の囀《さえず》りが長閑に響き渡っていた。

寮の前を流れる小川沿いの道を一丁（約一一〇メートル）程戻ると、小さな橋がある。

その小さな橋を渡ると、料理屋『武蔵屋《むさしや》』があった。

料理屋『武蔵屋』は、台所の裏手を小川に向けていた。

平八郎は、料理屋『武蔵屋』の裏手を窺った。女中たちが忙しく出入りしている板場では、数人の板前たちが料理を作っていた。

平八郎は、小川で野菜を洗っている下働きの老爺《ろうや》に声を掛けた。

「父《と》っつあん、精が出るな……」

「なんだい、お侍《さむらい》……」

老爺は、煩《わずら》わしそうに平八郎を一瞥《いちべつ》した。

「うん。向かいの寮の留守番だ」

平八郎は、小川の向こうにある寮を示した。

「へえ。あの寮の留守番って、御隠居さんたちお留守なんですかい」

老爺は、大根を洗う手を止めた。

「ああ……」

「で、何か用ですかい」

老爺は、再び大根を洗い始めた。

「武蔵屋、出前してくれるのかな」

「出前……」

老爺は白髪眉《しらがまゆ》をひそめた。

「ああ……」

「そうか、晩飯ですかい……」

「うん。留守番が料理屋で酒を飲みながら晩飯を食う訳にはいかないからな」

「そりゃあそうだ……」

「で、出前してくれるのか……」

「お侍、生憎《あいにく》だけど、武蔵屋、出前はやっちゃあいない」

「そうか、出前はしていないか……」

平八郎は落胆《らくたん》した。

「ああ……」

老爺は、気の毒そうに頷いた。

「じゃあ、飯を炊《た》いて酒の肴《さかな》にするしかないか……」

平八郎は、淋《さび》しげに呟《つぶや》いた。

「お侍、何でも良いのなら、俺が持っていってやるぜ」

老爺は、平八郎に同情した。

「父っつあん、そうしてくれるか……」

平八郎は声を弾《はず》ませた。

「ああ、任せて置け」

老爺は、笑みを浮かべて胸を叩いた。

長命寺の鐘が暮六つ（午後六時）を告げた。

平八郎は、寮の外を見廻って異変のないのを見定めた。そして、寮の中を検《あらた》めて雨戸を閉め、戸締まりをした。

飯は既に炊《た》きあがっていた。

平八郎は、台所の柱の掛け行燈《あんどん》に火を灯《とも》し、料理屋『武蔵屋』の下働きの父っつあんが来るのを待ちながら、湯呑茶碗に注《つ》いだ酒を飲み始めた。

勝手口の板戸が叩かれた。

「おう。開いているよ」

平八郎は告げた。

「お侍、待たせたな」

料理屋『武蔵屋』の下働きの老爺が框《かまち》に腰掛け、野菜の煮染《にしめ》や鯉《こい》の味噌《みそ》煮などを入れた折箱《おりづめ》を差し出した。

「こりゃあ美味《うま》そうだ」

「ああ……」

「父っつあん、幾らだ」

「なあに、作り置きからちょいと掠《かす》めて来ただけだ。金はいらねえ」

「じゃあ、心ばかりだ……」

平八郎は、老爺に小粒《こつぶ》を握《にぎ》らせた。

「すまねえな」

老爺は、嬉《うれ》しげに小粒を握り締《し》めた。

「どうだ。一杯やっていかないか……」

平八郎は、湯呑茶碗に酒を注いで差し出した。

「そうかあ。じゃあ一杯だけ……」

老爺は、酒好きらしく嬉しそうに湯呑茶碗の酒を飲み始めた。

「処で父っつあん。此処《ここ》には御隠居さんの他に女もいるのか……」

平八郎は、煮染を食べて酒を飲みながら探りを入れた。

「ああ。おつやって御隠居さんの年増《としま》の妾《めかけ》がいるよ」

「御隠居の妾……」

「ああ。それに利助《りすけ》って若い下男がいる」

「若い下男の利助……」

「ああ。普段はこの三人だが、時々旅の者や浪人なんかが来ている時もあるぜ」

「へえ、そうなんだ……」

「ああ。じゃあな……」

老爺は、湯呑茶碗の酒を飲み干して框から立ち上がった。

「父っつあん、恩に着る」

平八郎は礼を云った。

「そうだ、お侍。来た時、三度笠《さんどがさ》に合羽《かっぱ》の旅の渡世人《とせいにん》が表にいたぜ」

「旅の渡世人……」

平八郎は眉をひそめた。

「ああ。俺を見て直《す》ぐに何処《どこ》かに行っちまったがな。ま、気を付けるんだな」

老爺は、台所から出て行った。

「旅の渡世人か……」

平八郎は、刀を腰に差しながら表に向かった。


夜の向島には虫の音が響いていた。

平八郎は、夜の闇を見廻した。

料理屋『武蔵屋』や百姓家の明かりが点在していた。

渡世人は勿論、不審な人影や気配はない……。

平八郎は見定め、念の為に寮の周りを見廻った。

変わった様子は、やはり何処にもなかった。

よし、じゃあ飲むか……。

仕事場に泊まる限り、寝坊した処で慌てる事はない。

平八郎は、木戸門に閂《かんぬき》を掛け、台所に戻って酒を飲み始めた。


亥《い》の刻四つ（午後十時）。

平八郎は、寮の中を見廻って変わった事のないのを見定め、玄関脇《わき》の部屋に入って蒲団に潜《もぐ》り込んだ。
寮の中に静寂が満ちた。
静かなものだ……。
平八郎は微睡《まどろ》み始めた。
不意に鈴虫が鳴き始めた。
鈴虫の鳴き声は、寮の中から響いていた。
寮の何処かに潜り込んでいる……。
虫が鳴いているのは異変のない証《あかし》だ。
平八郎は、そう想いながら深い眠りに落ちていった。
鈴虫は鳴き続けた。
刻《とき》は過ぎ、夜は更《ふ》けていく。
鈴虫が不意に鳴き止《や》んだ。
平八郎は眼を覚まし、夜の闇を見詰《みつ》めて寮の様子を窺った。
鈴虫を鳴き止ませる何かが起きた……。
平八郎は刀を握った。

二

微《かす》かな物音がした。

平八郎は、五感を研《と》ぎ澄《す》ませて闇を窺った。

寮の中に何者かがいる……。

平八郎は刀を腰に差し、板戸を僅《わず》かに開けて廊下を窺った。

廊下の奥の闇が微かに揺れた。

平八郎は、部屋を出て廊下の奥に進んだ。

左手に奉公人の小部屋、居間と二つの座敷、右手に風呂場と台所、板の間、妾の部屋、納戸が続いている。

平八郎は、左右を窺いながら進んだ。

居間や座敷、台所や板の間、妾の部屋に不審な処はない。

平八郎は、廊下の奥迄行って振り返った。

廊下は暗く玄関に続いている。

平八郎は、奥の座敷に入った。

隠居の吉兵衛が寝間にしているらしい奥の座敷は暗く、静寂に満ちていた。
平八郎は、油断なく次の座敷と居間を窺った。
物音がした。
台所だ……。
平八郎は、物音が台所でしたと見定め、座敷を出た。
台所と板の間は暗い。
平八郎は、台所と板の間の闇を透《す》かし見た。
人影はなく、変わった様子は窺えなかった。
平八郎は、勝手口の板戸に進んだ。そして、板戸の猿《さる》を確かめた。
板戸の猿はしっかりと掛けられており、開く事はなかった。
猿は掛かっていた……。
仮に何者かが出入りをしたとしても、出てから板戸の猿を掛ける事は出来ない。
ならば、未《ま》だ寮の中にいるのか……。
平八郎は、手燭《てしょく》に火を灯した。

火は闇を仄《ほの》かに照らした。

平八郎は、手燭を持って居間に戻った。

居間と続く二つの座敷は、手燭の明かりに仄かに照らされた。

平八郎は、手燭を長火鉢の猫板の上に置き、続く二つの座敷を見据えた。

不審な者の影や気配はやはりない。

闇が揺れて物音がしたのは、幻覚と幻聴だったのか……。

平八郎は、微かな戸惑いを覚えた。

幽霊……。

平八郎は、不意にそう思った。

まさか……。

平八郎は、思わず苦笑しながら否定した。

鈴虫が再び鳴き出した。

夜が明けた。

平八郎は、寮の中を見廻った。

居間、二つの座敷、妾の部屋、奉公人の部屋などに不審な処はなかった。
平八郎は、勝手口の板戸を出て玄関先から裏手を検めた。
変わった処はない。
平八郎は、居間と二つの座敷の雨戸の外を検めた。
奥の座敷の雨戸には、開けようとした痕跡《こんせき》があるのに気付いた。
昨夜、やはり何者かがやって来ていたのだ。
他に何か痕跡はあるのか……。
平八郎は庭を見廻した。
植込みがあり、板の隠し塀があり、背の高い生垣がある。
平八郎は、何者かが忍び込んだ痕跡を探した。
生垣の外に人の気配がした。
誰だ……。
平八郎は、木戸門に走った。
木戸門の閂を外し、平八郎は小川沿いの道に出た。
三度笠に縞《しま》の合羽の渡世人が、小川沿いの道を隅田川に向かって足早に去って行った。

旅の渡世人……。

昨日、料理屋『武蔵屋』の下働きの老爺が云っていた渡世人なのだ。

平八郎は、旅の渡世人を見送った。

「平八郎さん……」

平八郎は、背後から呼び掛ける声に振り返った。

長次が、一升徳利と折詰を持っていた。

「やあ、長次さん……」

平八郎は、微かな安堵《あんど》を覚えた。

「渡世人、どうかしたんですか……」

長次は、去って行く渡世人を一瞥《いちべつ》した。

「ええ。まあ……」

「朝飯、持って来ましたよ」

長次は、持って来た折詰を示した。

「そいつはありがたい。ま、入って下さい」

平八郎は、長次を寮の台所に案内した。

茶は湯気《ゆげ》を立ち昇らせた。

「どうぞ……」

平八郎は、長次に茶を淹《い》れて差し出した。

「こいつは畏《おそ》れ入ります」

長次は、口入屋『萬屋』万吉に平八郎の仕事先を聞いてやって来たのだ。

平八郎は、折詰を開けた。

折詰には稲荷寿司《いなりずし》が並んでいた。

「こいつは美味《うま》そうだ。戴《いただ》きます」

平八郎は、稲荷寿司を食べ始めた。

長次は、茶を飲みながら寮の中を窺った。

「浜町の船宿青柳の御隠居の寮ですか……」

「ええ。知り合いが死んだそうでしてね。妾や奉公人を連れて弔いに行きましたよ」

「へえ、妾や奉公人を連れてですか。それにしても、わざわざ口入屋に留守番を頼むなんて、珍しいですね」

長次は眉をひそめた。

「ええ。吉兵衛って御隠居なんですが、どんな年寄りなのか……」

平八郎は苦笑した。

「それにしても、此《これ》だけ広い寮じゃあ、夜は落ち着かないでしょう」

長次は笑った。

「ええ、お地蔵長屋の狭い家に慣れていますからね。それに……」

「何かありましたか……」

「昨夜遅く、何者かが忍び込んだような気配がしましてね」

「何者かが忍び込んだ……」

長次は眉をひそめた。

「ええ。そう思って夜中に寮の中を見廻ったのですが……」

「誰もいませんでしたか……」

長次は読んだ。

「ええ。それで、さっき庭や外を検めたのですが、奥座敷の雨戸に開けようとした跡《あと》がありましてね……」

「それはそれは……」

長次は、厳しさを滲《にじ》ませた。

「一体、どう云う事なんですかね」

平八郎は首を捻《ひね》った。

「平八郎さん、それを知る為には、此の寮の主、船宿青柳の隠居の吉兵衛がどんな人か当たってみる必要があるかもしれませんね」

長次は睨んだ。

「隠居の吉兵衛ですか……」

平八郎は眉をひそめた。

「ええ。良けりゃあ、あっしがちょいと調べてみましょうか……」

長次は、楽しげな笑みを浮かべた。

「お願い出来ますか」

「ええ。お安い御用ですよ」

長次は頷いた。

「口入屋に頼み、一日一朱で腕に覚えのある留守番を雇《やと》う。船宿青柳の隠居の吉兵衛、ひょっとしたら只《ただ》の隠居じゃあないのかもしれませんね」

平八郎は笑った。

船宿『青柳』は浜町の汐見《しおみ》橋の袂《たもと》にあった。

長次は、船宿『青柳』を調べ始めた。

船宿『青柳』は、旦那で板前の佐平次《さへいじ》と女房で女将《おかみ》のおその他に仲居、船頭たち奉公人がいた。

隠居の吉兵衛は女将のおそでの父親であり、旦那で板前の佐平次は三十歳半《なか》ばの婿《むこ》養子だった。

一年前、吉兵衛は船宿『青柳』を娘のおそでと婿養子の佐平次に任せて隠居し、向島の寮で暮らすようになっていた。

長次は、船宿『青柳』の商いの様子を見守った。

船宿『青柳』には客が出入りし、それなりに繁盛《はんじょう》していた。

長次は、浜町堀を間にして向かい合う一膳飯屋に入り、窓辺に座って酒を頼んだ。そして、窓の外に見える船宿『青柳』を眺《なが》めた。

「おまちどお……」

初老の亭主が、長次に酒を持って来た。

「おう……」

長次は、手酌《てじゃく》で酒を飲み始めた。

船宿『青柳』から大店《おおだな》の旦那と芸者が現われ、女将のおそでに見送られて屋根船で出掛けて行った。

「昼間からいちゃつきやがって、まったく良い調子だぜ……」

一膳飯屋の亭主は、窓から見える船宿『青柳』を眺めながら羨《うらや》ましさを露《あらわ》にした。

「繁盛しているようだね、青柳……」

長次は苦笑した。

「ええ。先代の吉兵衛旦那が隠居して娘夫婦の代になってから、客が増えてね」

「へえ。そうなのかい……」

「娘のおそでと婿の佐平次が働き者でしてね」

「じゃあ、先代の吉兵衛旦那、それ程、働き者じゃあなかったのかい」

「まあ、良く店を閉めましてね。酷《ひど》い時は一月《ひとつき》も閉めていたなんて事もありましたよ」

「一月も……」

長次は眉をひそめた。

如何《いか》に怠《なま》け者でも、一月も商いを休むのは普通ではない。

「一月も店を閉めて、何をしてんですかい」

「そいつが良く分からないんだけど、旅に出ていたって話も聞いた事がありますぜ」

「旅……」

「ええ。まあ、それでも潰《つぶ》れもしなかったんですから、先代の吉兵衛旦那も大したものですよ」

亭主は感心した。

潰れなかった処か、向島に寮を買って妾や奉公人と暮らしていたのだ。

まるで、大店の御隠居の暮らし振りだ。

長次は、船宿『青柳』の隠居吉兵衛の暮らし振りが頷けなかった。

何かある……。

長次は、隠居吉兵衛の暮らしには裏があると睨んだ。

向島の吉兵衛の寮は、訪れる者もいなく静かだった。

平八郎は、居間と連なる二つの座敷の雨戸を開け、風と陽差しを通した。そして、縁側に座り、柱を背にして微睡んでいた。
此のまま何も起こらず一日一朱の給金が貰《もら》えるのなら、極楽のような仕事だ。
平八郎は、微睡みの中でそう思った。
何か起こってくれなければ申し訳ない……。
平八郎は、不意にそう思った。
貧乏性だ……。
平八郎は、そう思った己に苦笑した。
何も起こらなければ、それが一番なのだ。
平八郎は、柱を背にして微睡みを深めようとした。
「御免《ごめん》下さい……」
木戸門から男の声がした。
ほう、客か……。
平八郎は、刀を腰に差しながら木戸門に向かった。
木戸門の外には、野菜を入れた竹籠《かご》を背負《せお》った若い百姓がいた。
「おう……」

平八郎は、木戸門を開けた。

「あの……」

若い百姓は、出て来た平八郎に戸惑いを浮かべた。

「ああ、御隠居さんたちはお出掛けでな。俺は留守番だ」

平八郎は苦笑した。

「そうですか……」

「野菜を売りに来たのか……」

「へい……」

「そうか。折角《せっかく》来て貰ったのだが、そう云う訳だ。ま、御隠居たちは、明日、帰って来る筈だから、又《また》寄ってくれ」

平八郎は、申し訳なさそうに告げた。

「はい。そりゃあもう。お侍さまも御苦労さまにございます」

「なあに、俺は雇われ留守番でな。給金を貰っての仕事だ。処でお前さん、良く来ているのか……」

「へ、へい。時々、寄らせて戴いています」

「そうか。じゃあ、ちょいと訊《き》くが、此の寮の御隠居たちはどんな様子だ」

「そりゃあ、皆さん穏《おだ》やかで仲良く暮らしておりますよ」

「そうか。で、人の出入りはどうだ」

「時々、お客が来ているようですが……」

「別に妙な処はないか……」

「はい」

若い百姓は頷いた。

「おおい、お侍……」

料理屋『武蔵屋』の下働きの老爺が、小川に架かっている小橋を渡ってやって来た。

「じゃあ、手前は此で。お邪魔しました」

若い百姓は、野菜の入った竹籠を背負い直し、平八郎に会釈《えしやく》をして立ち去って行った。

「おう……」

平八郎は、若い百姓を見送り、料理屋『武蔵屋』の下働きの老爺を待った。

「やあ……」

老爺は笑い掛けた。

「昨夜は助かったよ」

平八郎は、晩飯の礼を述《の》べた。

「そいつは良かった。野菜売りかい……」

老爺は、野菜を入れた竹籠を背負って去って行く若い百姓を示した。

「うん……」

「へえ……」

老爺は首を捻った。

「どうした、何かおかしな事でもあるのか」

「お侍、見ての通り、周りは畑ばかりの野菜だらけだ。野菜売りなんて滅多《めった》に来ないからね……」

老爺は笑った。

「そうか。それもそうだな……」

百姓家に野菜を売りに来る奴はいない……。

平八郎は、老爺の云う事が尤《もっと》もだと思った。

若い男は、野菜売りの百姓を装《よそお》い、寮と平八郎の様子を探りに来たのかもしれない。

もしそうなら、若い男は何者なのだ……。

平八郎は眉をひそめた。

野菜売りの若い百姓の姿は、既に見えなくなっていた。

「それでお侍、昨夜は何もなかったかい」

「そいつが、夜中に何者かが来たような気配がしてな」

平八郎は眉をひそめた。

「やっぱりね……」

老爺は、厳しい面持《おもも》ちで頷いた。

「父っつあん、何か知っているのか……」

「昨夜、夜中に小便をしに裏の厠に行ったんだがね。小川を来た舟が寮の方に行くのを見てな」

「舟……」

平八郎は眉をひそめた。

「ああ。五、六人、乗っていて、此の船着場に着けてな」

老爺は、寮の前の小さな船着場を示した。

「それでどうした」

「暗い上に、遠目で良く分からなかったが、寮の周りをうろうろしていたようだぜ」

「そうか……」

寮の様子を窺いに来たのなら、五、六人は多い。一人、二人で充分だ。

男たちは、夜中に何しに寮に来たのだ。

何れにしろ危ない事に間違いない……。

「ま、気を付けろよ。で、晩飯はどうする」

老爺は笑った。

「うん、頼む」

平八郎は頷いた。

「よし、心得た。じゃあな……」

老爺は、料理屋『武蔵屋』に足早に戻って行った。

平八郎は、辺りを見廻した。

小川に舟はなく、道に人影は見えない。

田畑の遠くに、野良《のら》仕事をする百姓の姿が見えるだけだ。

平八郎は、木戸門を入って閂を掛け、寮の居間に戻った。

野菜売りの若い百姓は何者だ……。
五、六人の男は何者で、夜中に何しに来たのだ……。
平八郎は想いを巡らせた。

まさか……。

平八郎は、不意に或《あ》る事に思い至った。

船宿『青柳』の隠居の吉兵衛は、五、六人の男が何かを仕掛けて来ると気付いて姿を隠し、腕に覚えのある留守番を雇ったのかもしれない。

もし、そうなら……。

平八郎は眉をひそめた。

面白い……。

平八郎は、不敵《ふてき》な笑みを浮かべた。

三

浜町堀は煌《きら》めき、猪牙舟《ちょきぶね》が櫓《ろ》の軋《きし》みを響かせていた。

船宿『青柳』の隠居の吉兵衛……。

長次は、浜町堀沿いにある船宿を訪れ、吉兵衛についてそれとなく聞き込みを掛けた。だが、吉兵衛と親しい船宿の主は容易に見つからなかった。

吉兵衛は、同業の船宿の主たちと深い付き合いをしていないのか……。

長次は、戸惑いを覚えた。

「そうですか。青柳の御隠居の吉兵衛さんとは、寄合いで逢《あ》ったぐらいですか……」

「ええ。その時も挨拶《あいさつ》をして他愛《たあい》の無い世間話をするぐらいでね……」

入江橋《いりえばし》の袂の船宿の旦那は、茶を飲みながら告げた。

浜町堀にある船宿の旦那たちに対する期待は、すべて消え去った。

「じゃあ旦那、吉兵衛さんと親しい人に心当たりはございませんか……」

長次は、微かな望みに縋《すが》った。

「親しい人ねえ……」

「はい……」

「そうだねえ。ああ、親しいかどうかは分からないが、昔、吉兵衛さん、人形町《にんぎょうちょう》の骨董《こっとう》屋の宇平《うへい》さんと一緒に料理屋に入るのを見掛けた事があったな……」

船宿の旦那は、思い出すように告げた。

「骨董屋の宇平さんですか……」

「ああ……」

「骨董屋の屋号は……」

長次は、やっと浮かんだ微かな手掛《てが》かりに飛び付いた。

人形町通りの玄冶店《げんやだな》を入った処に、宇平の営む骨董屋『青蛾堂《せいがどう》』はあった。

長次は、骨董屋『青蛾堂』を窺った。

骨董屋『青蛾堂』は狭い店一杯に雑多な骨董品を並べ、その奥に帳場があった。

帳場には痩《や》せて小柄な中年男が座り、帳簿を付けていた。

骨董屋『青蛾堂』主の宇平……。

長次は見定めた。

宇平は、吉兵衛と二人で料理屋に行く程の拘《かか》わりがある。

拘わりがどのようなものか分からぬ限り、宇平に吉兵衛の事を訊くわけにはいかない。

長次は、近所の者たちにそれとなく聞き込みを掛けた。

宇平に家族はなく、一人暮らしだった。

長次は、聞き込みを続けた。

長次は、人形町の木戸番の許《もと》に行き、骨董屋『青蛾堂』宇平の事を尋《たず》ねた。

木戸番は町に雇われ、町木戸の管理と町内の夜廻りなどが仕事だが、捕物の手伝いなどもしている。

長次は、人形町の木戸番と顔見知りだった。

「青蛾堂の宇平さんですか……」

木戸番は眉をひそめた。

「ええ、どんな人かな」

長次は尋ねた。

「やっぱり、噂《うわさ》通りだったんですか……」

木戸番は、長次を窺った。

「噂……」

長次は戸惑った。

「ええ……」

「どんな噂だい……」

「そいつが、故買屋《こばい》だって噂ですぜ」

木戸番は、辺りを見廻して囁《ささや》いた。

「故買屋……」

長次は眉をひそめた。

「ええ……」

木戸番は頷いた。

〝故買屋〟とは、〝窩主買《けいずかい》〟とも称し、盗品と知って買う者を云った。

「そうかい、青蛾堂の宇平には故買屋の噂があるのか……」

故買屋の噂のある骨董屋の宇平と船宿の隠居の吉兵衛……。

長次は、二人の拘わりを読もうとした。

故買屋と拘わりのある者なら、吉兵衛は盗賊なのかもしれない。

盗賊……。

長次は、吉兵衛の正体を読もうとした。

隅田川は夕暮れに染まった。

平八郎は、寮の周りを見廻った。

背の高い生垣は密生し、何処にも綻《ほころ》びはない。そして、内側に隠された板塀がある限り、破るのは手間暇《ひま》が掛かる。

乗り越えるにしても、生垣に梯子《はしご》や鈎縄《かぎなわ》を掛けるのは難しい。

となると、容易に忍び込める処は木戸門しかない。木戸門には閂が掛けられているだけであり、破るのに造作は要《い》らない。

忍び込んで来るとしたら木戸門……。

平八郎は見定めた。

寮の中に入れると面倒だ。

天井や壁のある室内での斬り合いは、刀を縦横に使えない上、大勢を相手にするには不利だ。

迎え撃つとしたら寮の外なのだ。だが、忍び込んで来る者たちの正体を見定め、狙いが何か突き止めるには、寮の中に入れるべきなのかもしれない。

余り小細工をすると、警戒される恐れがある。

さあて、どうする……。

平八郎は思案した。

雨戸を開け放った寮の中は、差し込んでいた夕陽も消え、薄暮の青黒さが満ち始めて来ていた。


日が暮れた。

骨董屋『青蛾堂』は、店先に並べていた骨董を仕舞《しま》って大戸を閉めた。

宇平は動くのか……。

長次は見張った。

僅かな刻が過ぎた。

宇平が、骨董屋『青蛾堂』の横手の狭い路地から現われた。

動く……。

長次は、宇平が何処に何をしに行くか見届ける事にした。

宇平は、人形町の通りから浜町に向かった。

長次は尾行《つけ》た。

宇平は、夜道を慣れた足取りで進んだ。
浜町に出た宇平は、浜町堀を渡って両国《りょうごく》に進んだ。
両国からは浅草や本所に行ける。
一人暮らしの宇平が、晩飯を食べに行くのなら此処迄遠くに来ない筈だ。
長次は読んだ。
誰かに逢いに行くのか……。
長次は、慣れた足取りで行く宇平を追った。

野菜の煮染に鮒《ふな》の甘露煮、胡瓜《きゆうり》の粕《かす》漬けと菜飯……。
料理屋『武蔵屋』の下働きの老爺は、作り置きの料理を持って来てくれた。
酒は、長次が持って来てくれたものがある。
平八郎は、老爺に小粒を握らせた。
「危なくなったら、さっさと逃げるんだぜ」
老爺は、小粒を握り締めて平八郎を心配し、料理屋『武蔵屋』に戻って行った。
平八郎は、老爺の持って来てくれた料理で酒を飲み始めた。

得体の知れぬ男たちが来るのは、おそらく夜中だ。
平八郎は睨み、酒を飲んで料理を食べた。
両国広小路の東には大川があり、両国橋が架かっている。
宇平は、両国橋を東に見ながら両国広小路を横切り、神田川に架かる柳橋《やなぎばし》を渡った。
何処迄行く……。
長次は追った。
宇平は柳橋を渡り、平右衛門町《へいえもんちょう》の隅《すみ》にある古い小さな仕舞屋《しもたや》の格子戸を叩いた。
誰を訪ねて来たのだ……。
長次は、物陰から見張った。
古く小さな仕舞屋の格子戸が開き、若い男が手燭を手にして現われた。
宇平は、仕舞屋に素早く入った。
若い男は、鋭い眼差《まなざ》しで辺りを窺った。
長次は物陰に潜んだ。

若い男は、不審がないと見定めて格子戸を閉めた。
長次は見届けた。
仕舞屋には、若い男の他にも誰かがいる。
それも真《ま》っ当《とう》な奴ではない……。
長次は、若い男の様子を見て読んだ。
僅かな刻が過ぎた。
宇平と若い男が、仕舞屋から出て来た。
長次は見守った。
宇平と若い男は、辺りを警戒しながら蔵前《くらまえ》の通りを浅草に向かった。
何処に行く……。
長次は、宇平と若い男を追った。

平八郎は、寮の雨戸を閉めて猿を掛けた。
そして、玄関の格子戸や勝手口の板戸の戸締まりをした。
何事もいつも通りにして、不審を抱かれないようにする。
さあて、現われるかどうか……。

平八郎は、板の間の囲炉裏《いろり》に火を熾《おこ》し、一尺五寸（約四十五センチ）程の長さの薪を削《けず》って握り手を作った。

削り屑《くず》は、囲炉裏で燃えた。

平八郎は薪を削り続け、二本の小木刀を作った。

見た目は良い……。

平八郎は、二本の小木刀を左右の手に握って素振りをくれた。

二本の小木刀は空を切り、短い音を鋭く鳴らした。

握りも重さも丁度良く、寮の中で闘うには格好の得物だ。

平八郎は、二本の小木刀を左右の手に構えた。

よし……。

平八郎は囲炉裏の火を消し、二本の小木刀を持って玄関脇の北側の部屋に入った。そして、有明《ありあけ》行燈を灯し、蒲団に横たわった。

刻が過ぎた。

鈴虫が、昨夜と同じように鳴き始めた。

「来るなら来い……」

平八郎は不敵に呟いた。

浅草に出て大川に架かっている吾妻橋を渡れば、本所、向島だ。

宇平と若い男は、蔵前の通りを進んだ駒形堂の横を通った。

長次は追った。

「あれ、長次さんじゃありませんか……」

下っ引の亀吉が、駒形堂の前から出て来た。

「おう。親分の処からの帰りか……」

「はい……」

亀吉は、親分の伊佐吉の家である老舗《しにせ》鰻屋『駒形鰻』から帰る処だった。

「丁度良かった。一緒に来て呉《く》れ」

長次は、亀吉を呼んだ。

「はい……」

亀吉は、長次に並んで前を行く宇平と若い男を見た。

「あの二人ですか……」

亀吉は、長次が前を行く二人を尾行ているのに気が付いた。

「ああ……」

長次は、亀吉に事の次第を話しながら宇平と若い男を追った。

宇平と若い男は、浅草広小路から吾妻橋に向かった。

向島に行く……。

長次は読んだ。


向島の寮は、夜の闇と静寂に覆《おお》われていた。

有明行燈は、仄かに部屋を照らしていた。

平八郎は、傍《かたわ》らに刀と二本の小木刀を置いて微睡んでいた。

鈴虫は鳴き続けていた。


宇平と若い男は、寮の前を流れる小川の土手に潜んだ。

長次は、亀吉と共に物陰から見張った。

「奴ら、平八郎さんのいる寮に押し込むんですかね」

亀吉は眉をひそめた。

「いや。宇平と若い野郎は、おそらく事の次第を見届けに来たんだろう」

長次は読んだ。

「じゃあ……」

「ああ。何事も此からだ」

長次は、暗い寮を見詰めた。

「長次さん……」

亀吉は、小川を来る猪牙舟を示した。

長次は、猪牙舟を窺った。

猪牙舟には四人の男が乗っており、船頭が竹竿《ざお》で操っていた。

「おそらく奴らだ……」

長次と亀吉は、猪牙舟で来た男たちを見守った。

宇平と若い男は、土手に潜んだまま動く様子はない。

長次の睨み通り、事の次第を見届けに来たのだ。

猪牙舟を降りた男たちは、船頭を入れて五人だ。二人は浪人であり、船頭を入れた残る三人は渡世人だった。

五人の男たちは、暗く静かな寮に忍び寄った。

「平八郎さんに報《しら》せなくて良いんですか……」

亀吉は心配した。

「なあに、とっくに気が付いているさ」
長次は笑った。
「そりゃあそうですね。気の毒に……」
亀吉は、五人の男たちに同情した。
長次は苦笑した。
五人の男は、木戸門を抉《こ》じ開けて中に入り込んだ。
宇平と若い男が、小川の土手から寮の木戸門に走り、中に入って行った。
成行きを見届ける気だ……。
長次と亀吉は、寮の木戸門に近付いた。
鈴虫が鳴き止んだ。
来たか……。
平八郎は、有明行燈の小さな火を消した。
やって来た者たちに好きにさせ、その狙いを見定める……。
平八郎は決めていた。
居間の雨戸を抉じ開ける気配がした。

平八郎は、刀を落し差しにして僅かに背に廻し、二本の小木刀を手にして部屋を出た。

雨戸が僅かに開けられ、居間に月明かりが差し込んだ。

二人の浪人と三人の渡世人が、居間にあがって来た。

「じゃあ、留守番の浪人を頼むぜ」

年嵩《としかさ》の渡世人が、二人の浪人に告げた。

「心得た……」

二人の浪人は、廊下に出て行った。

「じゃあ、夜烏《よがらす》の頭《かしら》のお宝を捜《さが》すんだ」

年嵩の渡世人は、二人の渡世人に告げて居間と座敷の家《や》探しを始めた。

夜烏の頭のお宝……。

平八郎は、座敷の襖の陰の暗がりで聞いた。

〃夜烏の頭〃とは盗賊なのか……。

もし、そうだとしたなら寮の主の隠居の吉兵衛は盗賊と云う事になる。

平八郎は読んだ。

三人の渡世人は、平八郎が潜んでいるのに気付かず、居間と座敷の戸棚や押し入れを調べた。

お宝とは何か……。

平八郎は見守った。

「般若《はんにゃ》の頭……」

二人の浪人が戻って来た。

「どうした」

〝般若の頭〟と呼ばれた年嵩の渡世人は、二人の浪人を振り返った。

「留守番の浪人がいない」

二人の浪人は、戸惑った面持ちで告げた。

「なに……」

般若の頭は、思わず辺りを見廻した。

「心配するな。此処にいるぞ」

平八郎は、襖の陰の暗がりを出た。

般若の頭、二人の浪人、二人の渡世人は驚きながらも平八郎を取り囲んだ。

平八郎を入れた六人が、座敷で対峙《たいじ》した。

「お前たちも盗賊か……」

平八郎は笑い掛けた。

「おのれ……」

浪人の一人が刀を抜いた。

「うっ……」

隣りにいた渡世人が、太股を押さえて倒れ込んだ。

浪人の抜いた刀が、隣りの渡世人の太股を斬ったのだ。

如何に二間続きの座敷でも、六人の男たちが斬り合うには狭過ぎるのだ。

「同士討ちに気をつけるんだな」

平八郎は笑った。

「黙れ……」

浪人は、平八郎に上段から斬り掛かった。

だが、刀の鋒《きっさき》が天井板に当たり、浪人は狼狽《うろた》えた。

次の瞬間、平八郎は小木刀を横薙《な》ぎに放った。小木刀は、浪人のがら空きになった腹に鋭く食い込んだ。

浪人は昏倒した。

般若の頭、浪人、渡世人は怯《ひる》んだ。

「よし。容赦はしないぞ」

平八郎は楽しそうに笑い、両手の小木刀に素振りをくれた。

般若の頭、浪人、渡世人は、慌てて長脇差《ながわきざし》や刀を抜いた。

平八郎は、両手の小木刀を縦横に振るった。

渡世人は、激しく打ちのめされて気絶した。

平八郎は、浪人に二本の小木刀を間断なく打ち込んだ。

「お、おのれ……」

後退していた浪人は、己を奮《ふる》い立たせて平八郎に必死に斬り込んだ。

平八郎は、左手の小木刀で浪人の刀を受け流し、右手の小木刀を上段から打ち降ろした。

浪人は、額《ひたい》を鋭く打ちのめされて気を失い、その場に沈んだ。

二人の浪人と二人の渡世人が倒れた。

残るは般若の頭……。

平八郎は、般若の頭に小木刀を突き付けた。

般若の頭は後退した。

「夜鳥の頭のお宝ってのは何だ……」

平八郎は笑い掛けた。

「う、煩《うる》せえ……」

般若の頭は、身を翻《ひるがえ》して逃げようとした。

平八郎は、小木刀を投げた。

小木刀は回転し、唸《うな》りをあげて飛んだ。そして、般若の頭の後頭部に当たり、甲高い音を鳴らした。

般若の頭は、前のめりに倒れ込んだ。

平八郎は、倒れた般若の頭に近寄り、起き上がろうと踠《もが》いている般若の頭の腹を鋭く蹴《け》り上げた。

般若の頭は気を失った。

「さあて、もういないかな……」

平八郎は、雨戸の開けられた処に二本の小木刀を投げた。

何者かが慌てて逃げ去る気配がした。

平八郎は苦笑した。

四

寮から宇平と若い男が駆け出して来て、隅田川に向かって足早に立ち去った。

「長次さん、じゃあ……」

亀吉は、長次に目顔《めがお》で後を追うと告げた。

「ああ。おそらく柳橋は平右衛門町の仕舞屋だ。気を付けてな」

長次は頷いた。

亀吉は、宇平と若い男を追った。

長次は、寮に入って庭に廻った。


平八郎は、意識を失った般若の頭たち四人の男を庭に引き出した。

浪人に間違って太股を斬られた渡世人だけが、意識を失っていなかった。

「終わったようですね」

長次が入って来た。

「ええ。他にもいたかもしれませんが、取り敢えず押し込んで来た者共は捕《と》らえました」

平八郎は、気絶している般若の頭たち四人の男と太股を斬られた渡世人を示した。

「逃げた二人は亀吉が追いましたよ」

「やっぱり、いたのですか……」

「ええ。ですが、こいつらとは違います」

「違う……」

平八郎は眉をひそめた。

「ええ。で、こいつらは……」

「これから締め上げますが、どうやら般若の何とかって盗賊のようですよ」

平八郎は、気絶している般若の頭を示した。

「盗賊般若の何とかですか……」

長次は苦笑し、浪人に太股を斬られた渡世人の傍にしゃがみ込んだ。

「頭は、般若の何てんだい……」

長次は、太股を斬られた渡世人の傷を十手《じって》で押した。

傷口から血が流れた。

「は、般若の政五郎《まさごろう》です」

渡世人は、激痛に嗄《かす》れ声を震《ふる》わせた。

「般若の政五郎か……」

長次は、太股を斬られた渡世人の傷口から十手を離した。

「じゃあ、夜烏の頭ってのは……」

平八郎は尋ねた。

「へい。夜烏の重吉《じゅうきち》、あっしゃ般若のお頭の昔のお頭です」

「じゃあ、般若の政五郎とお前たちは、昔の頭の夜烏の重吉のお宝を奪いに来たって訳か……」

「へい……」

「って事は、この寮の持ち主の隠居の吉兵衛が、盗賊の夜烏の重吉なのか……」

「ええ……」

長次は訊いた。

太股を斬られた渡世人は頷いた。

「平八郎さん……」

「ええ……」

平八郎は、船宿『青柳』の隠居の吉兵衛の正体を知った。

「じゃあ、夜鳥の重吉のお宝ってのは何だ」

平八郎は尋ねた。

「千両の小判です」

「千両……」

平八郎は驚いた。

「どう云う事か詳しく教えて貰おうか……」

長次は、太股を斬られた渡世人を見据えた。

「親分さん、あっしは詳しい事は知らないんです。般若の政五郎のお頭に……」

太股を斬られた渡世人は、太股の傷の痛みに顔を歪めた。

平八郎は、刀を抜き打ちに一閃《いっせん》して物干しの竹竿を斬った。

「よし。さっさと医者の処に行くが良い」

平八郎は、太股を斬られた渡世人に斬った竹竿を渡し、放免した。

竹竿は、杖《つえ》に丁度良かった。

「じゃあ、御免なすって……」

太股を斬られた渡世人は、竹竿を杖にして寮の庭から出て行った。

「じゃあ、般若の政五郎を締めますか……」

長次は、気絶している般若の政五郎を冷たく見据えた。

「ええ……」

平八郎は微笑んだ。


気を失っている般若の政五郎に浴《あ》びせられた水は、勢い良く飛び散った。

般若の政五郎は、台所の土間で微かに呻《うめ》いて気を取り戻した。

「やあ、般若の政五郎、気が付いたか……」

長次は、空の手桶を手にして笑い掛けた。

政五郎は、我に返って慌てて起き上がろうとした。だが、後ろ手に縛《しば》られている身体では、容易に起き上がれなかった。

平八郎は、跪《ひざまず》く政五郎の胸倉《むなぐら》を掴《つか》んで引き起こした。

「政五郎、どうして昔の頭の夜鳥の重吉のお宝を狙うんだ」

平八郎は、尋問を始めた。

般若の政五郎は、己の素性と夜鳥の重吉の事を知られているのに狼狽えた。

「政五郎、お前は夜鳥の重吉に恨《うら》みがあるんだな」

長次は尋ねた。

「ああ……」

政五郎は、腹立たしげに頷いた。

「じゃあ、何もかも話しな。所詮《しょせん》、お前は獄門台《ごくもんだい》だ……」

長次は、政五郎に十手を突き付けた。

「獄門台……」

政五郎は恐怖を滲ませた。

「ああ。政五郎、夜烏の重吉に恨みを晴らしたいなら、もう道連れにするしかないぜ」

長次は、冷笑を浮かべて政五郎に告げた。

「道連れ……」

政五郎は戸惑い、嗄れ声を引き攣《つ》らせた。

「ああ。獄門台への道連れだ……」

長次は頷いた。

「獄門台への道連れ……」

政五郎は、呆然《ぼうぜん》とした面持ちで呟いた。

「政五郎、お前が夜鳥の重吉に恨みを晴らす手立ては、もうそれしかない」

平八郎は云い聞かせた。

「獄門台に道連れか……」

「うむ……」

「分かった……」

政五郎は観念し、吐息混じりに頷いた。

「よし、じゃあ、夜鳥の重吉への恨みってのを聞かせて貰おうか……」

平八郎は促《うなが》した。

「一年前、夜鳥の重吉は足を洗って隠居すると決め、最後の仕事として常陸結城《ゆうき》の紬織《つむぎおり》の問屋に押し込む事にした。その時、重吉は俺たち手下を役人に売り、その隙に奪った金を持ってさっさと逃げやがったんだ」

「お前たち手下を売ってか……」

平八郎は眉をひそめた。

「酷《ひど》い話だが、所詮は盗賊、そんな処だろう」

長次は冷笑した。

「で、政五郎、お前たちはどうにか役人から逃げた……」

「ああ。散り散りになってな……」

「それで、どうにか逃げた者共が集まり、お前を頭に新しい盗賊一味を作ったのか……」

平八郎は読んだ。

「ああ。そして、最初の仕事を夜鳥の重吉をぶち殺して恨みを晴らし、千両と云われる隠居金を奪う事にしたんだ」

政五郎は、夜鳥の重吉に対する憎悪《ぞうお》を露《あらわ》にした。

〃隠居金〃とは、盗賊が足を洗う時に手にする纏《まと》まった金を云う。

政五郎は、重吉に恨みを晴らす手立ての一つとして隠居金を奪うことにしたのだ。

「で、夜鳥の重吉を捜したか……」

「ああ。捜し廻った。で、船宿青柳の隠居として、向島で妾と一緒にのうのうと暮らしているのを突き止めたんだ」

政五郎は悔しげに告げた。

「それで、重吉を殺し、隠居金を奪う仕度《したく》を始めたか……」

「ああ。だが、重吉は気が付き、留守番を置いて隠れやがった」

「で、取り敢えず隠居金だけを奪いに来たのか……」

「ああ。留守番に浪人を雇ったって事は、千両って噂の隠居金は此処に隠したまだと睨んでな……」

政五郎は、夜鳥の重吉に恨みを晴らしたい一念で何もかも話した。

「そうか、良く分かった」

平八郎は頷いた。

此で夜鳥の重吉を獄門台に道連れにし、恨みを晴らす事が出来る。

政五郎は、嬉しげな笑みを浮かべた。

「長次さん……」

「裏があるとは思っていましたが、盗賊の仲間割れとはね」

長次は苦笑した。

「私の留守番は明日迄。ですから、船宿青柳の隠居吉兵衛こと盗賊夜鳥の重吉は、明日此処に帰って来る筈です。そこをお縄《なわ》にしますか……」

「いえ。様子を窺っていて逃げた二人は、おそらく夜鳥の重吉の手下です。もう此処には戻らないでしょう」

長次は読んだ。

「逃げますか……」

平八郎は緊張した。

「きっと。ですが、追った亀吉が親分に報せて、高村の旦那にお出ましを願っている筈ですよ」

「そうですか、ならば政五郎は恨みを晴らせますね」

平八郎は笑った。

骨董屋『青蛾堂』宇平と若い男は、柳橋は平右衛門町の外れにある仕舞屋に戻った。

長次さんの睨み通りだ……。

亀吉は、平右衛門町の木戸番に駒形の老舗鰻屋『駒形鰻』に走って貰い、見張り始めた。

四半刻《しはんとき》が経った頃、伊佐吉が駆け付けて来た。

亀吉は、手短に事の次第を話した。

伊佐吉は驚いた。

「じゃあ、此の仕舞屋に盗賊の頭が潜んでいるのか……」

伊佐吉は、仕舞屋に厳しい眼を向けた。

「はい。長次さんはそう睨んでいます」

「よし。此処は俺が見張る。亀は高村の旦那にお出ましを願って来てくれ」

「合点《がってん》です。じゃあ……」

亀吉は、八丁堀《はっちょうぼり》にある高村源吾の組屋敷に向かって猛然と駆け出した。

伊佐吉は、仕舞屋の見張りに就いた。


半刻が過ぎた。

亀吉が、南町奉行所定町廻り同心の高村源吾と捕り方たちを誘《いざな》って来た。

「此処か……」

高村は、仕舞屋を見据えた。

「はい……」

伊佐吉は頷いた。

「よし、亀吉、みんなと裏を固めてくれ。俺と伊佐吉は正面から踏み込む」

高村は、素早く手配りをした。

亀吉と捕り方たちが裏手に廻った。

「行くぞ……」

　高村と伊佐吉は、仕舞屋の格子戸を猛然と蹴破った。

　仕舞屋は暗かった。

　高村と伊佐吉は、奥に踏み込んだ。

　宇平と若い男が現われ、匕首《あいくち》を振るって激しく抗《あらが》った。

「無駄な真似はするんじゃあねえ。南町奉行所だ」

　高村と伊佐吉は、宇平と若い男を十手で激しく叩き伏せた。

　奥の座敷には、蟷螂《かまきり》に似た痩せた年寄りと肥《ふと》った年増がいた。

「船宿青柳の隠居の吉兵衛だな」

「はい。お役人さま、手前が何をしたと仰《おつしや》るんですか……」

「惚《とぼ》けるんじゃやねえ。手前《てめえ》が盗賊なのは露見しているんだ」

　伊佐吉は、有無を云わさず吉兵衛に捕り縄を打った。

　船宿『青柳』の隠居の吉兵衛、妾のおつや、下男の利助、そして骨董屋『青蛾堂』の宇平は盗賊として捕らえられた。

　そして、隠居の吉兵衛が盗賊の夜烏の重吉だと割れるのに刻は掛からなかった。

盗賊の夜鳥の重吉と般若の政五郎は、それぞれの配下共々お縄になった。

平八郎は、向島の寮の留守番仕事を終えた。


「残り二日の給金はないだと……」

平八郎は、驚いて眼を丸くした。

「ええ、雇い主の吉兵衛さんがお縄になって給金の出処がなくなりましてねえ」

口入屋『萬屋』万吉は、狸面に微かな同情を滲ませた。

「そんな……」

平八郎は呆然とした。

「気の毒ですが、どうしようもありませんね」

万吉は、微かな同情を消して冷たく突き放した。

その顔はより狸に似た。

おのれ、狸め……。

平八郎は怒りを覚えた。

こうなれば向島の寮に行き、盗賊夜鳥の重吉が隠した隠居金を探し出してやる。
もし見つけられれば、万吉の狸親父に扱《こ》き使われる事のない大金持ちだ。
平八郎は、向島の寮に急いだ。

向島の寮には、南町奉行所の役人たちが来ていた。
おそらく夜鳥の重吉が、隠居金の隠し場所を吐いたのだ。
遅かったか……。
平八郎は、己のつきの無さを嘆《なげ》いた。
鳶《とんび》の鳴き声が、嘲笑《あざわら》うかのように響いた。
平八郎は、恨めしげに見上げた。
一羽の鳶が、蒼穹《そうきゅう》にゆったりと大きな輪を描いていた。
武士は食わねど高楊枝《たかようじ》だ……。
平八郎は胸を張り、小川沿いの田舎道を隅田川に向かった。
腹の虫が眼を覚まし、空腹に鳴いた。
向島の田畑の緑《みどり》は微風に大きく揺れ、何処迄も長閑だった。

一〇〇字書評

切り取り線

冬椋鳥

購買動機（新聞、雑誌名を記入するか、あるいは○をつけてください）

□（　　　　　　　　　　　　　）の広告を見て	
□（　　　　　　　　　　　　　）の書評を見て	
□ 知人のすすめで	□ タイトルに惹かれて
□ カバーが良かったから	□ 内容が面白そうだから
□ 好きな作家だから	□ 好きな分野の本だから

・最近、最も感銘を受けた作品名をお書き下さい

・あなたのお好きな作家名をお書き下さい

・その他、ご要望がありましたらお書き下さい

住所	〒				
氏名		職業		年齢	
Eメール	※携帯には配信できません	新刊情報等のメール配信を 希望する・しない			

この本の感想を、編集部までお寄せいただけたらありがたく存じます。今後の企画の参考にさせていただきます。Eメールでも結構です。

いただいた「一〇〇字書評」は、新聞・雑誌等に紹介させていただくことがあります。その場合はお礼として特製図書カードを差し上げます。

前ページの原稿用紙に書評をお書きの上、切り取り、左記までお送り下さい。宛先の住所は不要です。

なお、ご記入いただいたお名前、ご住所等は、書評紹介の事前了解、謝礼のお届けのためだけに利用し、そのほかの目的のために利用することはありません。

〒一〇一-八七〇一
祥伝社文庫編集長　坂口芳和
電話　〇三（三二六五）二〇八〇

祥伝社ホームページの「ブックレビュー」からも、書き込めます。

http://www.shodensha.co.jp/bookreview/